온라인 게임의 신부는
여자아이가 아니라고
생각한 거야?
Kineko shibai
키네코 시바이 지음
ill:Hisasi
Lv.12

CONTENTS

And you thought there is Never a girl online?

DESIGNED BY AFTERGLOW

온라인 게임의 신부는 여자아이가 아니라고 생각한 거야?

키네코 시바이 지음
Hisasi 일러스트
이경인 옮김

Lv. 12

프롤로그

“어서 오세요, 여보.”

And you thought there is Never a girl online?

◆명태불릿 : 미안, 내일은 못 올지도 몰라.

그런 글이 파티 채팅창에 떴어.

◆루시안 : 오우, 진짜?

매일 도전할 수 있는 연속 퀘스트를 친한 사람들과 파티로 즐기고 있을 무렵, 그것도 내일부터 최고 난이도 도전이다! 라는 타이밍이었지.

그런 중요한 때, 내일은 오기 힘들 것 같다고 말한 멤버가 있었어.

하지만 질책할 생각은 당연히 없었어.

◆루시안 : 뭐, 매일은 힘드니까.

아무리 온라인 게이머라도 매일 정확히 같은 시간에 로그인해서 퀘스트를 하는 건 어려워.

그야 때로는 못 오는 날도 있지. 한 명 정도라면 다른 친구를 불러서 도와달라고 하면 되고, 문제없어.

그렇게 생각하며 커버해줬는데—.

◆산달폰 : 아, 나도.

◆명뢰 : 내일은 나도 시간 맞춰 올 수 있을지 잘 모르겠어.

◆루시안 : 너희들도냐!

여기 4인 파티거든?!

나 말고는 다들 예정이 꽉 찬 거냐고!

◆루시안 : 에잇, 어쩔 수 없지. 올 수 있는 사람만 와 줘.

◆명태불릿 : 미안하네~.

◆산달폰 : 올 수 있으면 올게!

◆루시안 : 세상에서 가장 믿을 수 없는 말이야!

올 수 있으면 온다, 절대로 오지 않는 마법의 말이지!

그 퀘스트, 4인 파티일 때가 가장 밸런스 좋게 즐길 수 있는 난이도였거든. 너무 많은 인원으로 가면 쉬운 게임이 되어 버리니까 그 정도의 인원이 좋았어.

하지만 어쩔 수 없으니, 그들이 오지 못할 때를 위해 예비로 친구 몇 명에게 말을 걸기로 했어.

그리고 다음날.

◆명태불릿 : 기다렸지~.

◆명뢰 : 시간 맞춰 왔어.

◆산달폰 : 올 수 있어서 왔어.

◆루시안 : 전원 다 왔잖아아아아아아아!

올 수 없다고 했던 건 다 뭐였는데?!

다들 힘들다고 해서 다른 친구들한테 부탁해서 와달라고 했거든?!

◆명태불릿 : 모른다고 했잖아.

◆산달폰 : 올 수 있으면 온다고 했잖아.

◆루시안 : 그럼 조금 더 올 수 있다는 분위기를 내달라고!
지원 불러와 버렸잖아! 설마하던 7인팟이 됐다고!
◆디 : 불러서 왔는데, 이거 어쩔거야ㅋㅋㅋ
에잇, 이젠 몰라! 될 대로 되라지!
◆루시안 : 전원이 가자고!
오! 하고 다들 목소리를 모은 우리는 던전으로 돌격했어.
근데 일곱 명이나 있으니까 전날까지의 아슬아슬한 느낌은 없이, 꽤나 쉽~게 클리어해 버린 거야.
다음날, 결국 우리끼리 재도전하게 됐지.

[니시무라] 이런 식으로, 온라인 게임에서 뭔가 무리라든가 못 온다고 말해놓고서 실은 올 수 있었다는 패턴 많잖아?
[아코] 자주 있죠.
[니시무라] 그치?
역시 있지? 알아주니 기쁘다.
[니시무라] 그렇다면 아코 너도 무리다 무리다 말하는 건 실은 예방선을 치고 있을 뿐이고, 실은 할 수 있는…….
[아코] 못해요오오오.
[니시무라] 못하냐…….
이해해줬다고 생각했는데, 그렇게 바로 부정할 건 없잖아.
그런 문자메시지를 치던 도중에 전철이 역에 도착했다.
나는 휴대전화 화면을 조작했다.

[니시무라] 역에 도착했어.

[아코] 그럼 슬슬 저녁밥을 만들고 있을게요~.

[니시무라] 잘 부탁드립니다.

[아코] 부탁 받았습니다.

[아코] 참고로 지금 재료로 카레, 하이라이스, 스튜를 만들 수 있는데, 어느 게 좋을까요?

[니시무라] 무난하게 카레?

[아코] 오늘은 스튜 기분이라 스튜로 할게요.

[니시무라] 딱히 상관은 없지만, 왜 일부러 물은 건데!

[아코] 에헤헤, 기다리고 있을게요~.

정말이지, 이 녀석은 변함없이 자유롭다니까.

역을 나선 나는 아직 익숙하지 않은 길을 걸어서 주택가를 빠져나와 한 단독주택에 도착했다.

아직 익숙하지 않은 깔끔한 열쇠를 들고 자물쇠를 철컥하고 열었다.

현관을 지나자, 타닥타닥 슬리퍼 소리가 들렸다.

"일찍 오셨네요~."

앞치마를 두른 아코가 거실에서 나왔다.

아코는 나를 보면서 행복한 듯이 헤벌쭉 웃었다.

"어서 오세요. 여보."

"……다녀왔어."

어어, 아마 이 상황에 대해서 아무도 의외는 아니라고 생각하겠지만…….

어째서 이렇게 되었는지에 대한 설명은 하고 싶다고 생각합니다.

1장

"따님은 맡겨주세요."

And you thought there is Never a girl online?

진심으로 온라인 게임을 플레이할 거라면 전반적인 스킬은 모두 알아둬라.

어떤 잘난 사람이 그런 말을 했었는데, 아무리 그래도 전부 다 아는 건 어렵다고 생각한다.

하지만 탱커를 한다면, 평소에 함께 즐기는 동료의 스킬 정도는 기억해두는 편이 좋지 않을까?

대규모 업데이트를 할 때마다 여러모로 변하니까 힘들겠지만, 탱커는 전원의 스킬을 알고 있느냐 없느냐로 움직임이 전혀 달라지니까.

예를 들어 지난번 업데이트로 변한 거라면— 아, 휴대전화에서 삐삐삐 알람음이 울렸다.

"오, 한 시간인가."

그렇게 혼잣말을 중얼거린 후 작은 방으로 이동하려던 진로를 안쪽에 있는 큰 방으로 변경했다.

좀처럼 사람이 오지 않는 곳이니까 랜덤 팝업 몬스터가 대량으로 모여 있을 것이다.

◆루시안 : 오, 모여 있군 모여 있어.

역시, 몬스터가 산처럼 모여 있다.

자~ 그럼, 평소였다면 조금씩 낚아서 사냥했겠지만—.

◆루시안 : 전부 끌어올 테니까~, 부탁한다. 슈, 아코.

◆슈바인 : 그래, 맡겨두라고!

슈가 그렇게 말하며 검을 거머쥐었다.

◆아코 : 녜에~.

녜에~ 라니 뭐야, 아코. 이쪽은 미덥지 못하지만, 뭐, 가볼까?

아무 생각 없이 정면에서 적 한가운데로 돌진!

전투 개시 마크를 뜻하는 「!!」가 모든 적에게 표시되었다. 우와, 무서워!

적이 범위 안으로 들어오는 걸 확인하고 샤우트 한 발, 어그로를 확보했다.

◆루시안 : SoS 들어갑니다. 앞으로 15초.

단축키를 입력한 것과 동시에 연동시켜둔 채팅 매크로가 기동했다. 원래부터 커다란 루시안의 방패가 터무니없는 크기로 부풀었다.

실드 오브 센티널— 전후좌우 구별 없이 모든 공격에 자동적으로 고효율의 실드 가드가 적용되는, 임페리얼 가드의 사기 스킬.

평소였다면 정면 공격 시 타이밍을 맞춰 버튼을 누르지 않으면 발동하지 않는 실드 가드가 멋대로 연속해서 발동되어 가가가가각 하는 소리가 연속해서 들렸다.

◆루시안 : 오오, 버틴다 버텨, 전직 전이었으면 즉사했을 텐데.

공격하면 효과가 사라지므로 채팅을 칠 여유도 있고 말이야.

◆세테 : 무땅, GO!

세테 씨의 발밑에서 대기하던 무땅의 몸이 화악 거대화했다.

짧은 시간 동안 본모습인 펜리르의 형태를 되찾은 소환수가 크게 울부짖자, 주변 적들이 움직임을 우뚝 멈췄다.

레벨이 올라서 세테 씨의 스킬도 충분히 효과를 발휘하게 되었다. 편하군 편해~.

◆슈바인 : 좋았어, 간다! 타올라라! 이 몸의 혼!

슈바인이 대검으로도 닿지 않는 위치에서 외쳤다. 그리고 슈바인의 몸이 반짝 빛나더니, 슈바인 자신이 거대한 드래곤으로 변했다.

◆슈바인 : 꺼져버려! 멸망의 하이퍼 스트림!

드래곤이 된 슈바인이 정면에 맹렬한 불꽃을 뿜어대자, 내 주변 몬스터들 위로 폭포처럼 대미지 표시가 겹쳤다.

불을 뿜어낸 고작 한순간에 몬스터 하우스가 섬멸돼 버렸어.

이야~, 굉장하군 굉장해. 굉장하긴 한데…….

◆루시안 : 멸망의 하이퍼 스트림이 뭔데?

◆슈바인 : 슬슬 소재가 다 떨어져서.

◆루시안 : 매번 뭔가 말하지 않아도 되거든?

◆슈바인 : 이건 집착하는 부분이라고!

저번에는 「받아라, 이 몸이 뿜어내는 작열의 불꽃」이었던가?

아무래도 좋은 것에 집착하는 슈는 스킬 발동 대사도 중요하게 여기는 모양이다.

◆슈바인 : 근데 틈새의 몹들이 무영창 광범위로 원킬이라니, 진짜로 이 몸 쩌는데?

◆세테 : 세네~.

◆애플리코트 : 대미지도 상당히 올라간 것 같구나.

범위마법을 날리지 않고 참고 있던 마스터가 음음 하고 끄덕였다.

◆슈바인 : 추가되고 나서 줄곧 쓰고 있었으니까, 숙련도도 쌓였다고!

슈가 씨익 하고 가슴을 폈다.

◆슈바인 : 이 몸이 최강 딜러라는 건 이제 누구도 부정할 수 없겠는데ㅋ

◆루시안 : 한 시간에 한 번뿐이지만.

그렇게 말한 나는 휴대전화 타이머를 삑 눌렀다.

틀림없이 레전더리 에이지 최강 스킬일, 드래곤 나이트의 드래곤 소울.

터무니없이 강하긴 하지만 한 시간에 한 번밖에 쓰지 못한다는, 솔직히 DPS에는 그다지 영향이 없는 취미 스킬이다.

뭐, 슈가 좋아할 만한 스킬이긴 하지. 이런 거.

◆루시안 : 그럼 원래 루트로 돌아갈까?

◆슈바인 : 미안한데.

한 시간에 한 번씩 몬스터 무리를 찾고 있다는 걸 아는 슈가 살짝 감사를 표했다.

숙련도를 올리기 위해 쿨타임이 지나면 바로 쓰고 싶고, 하나라도 많은 적에게 맞추고 싶다는 모양이다.

그렇다고 고마워하다니 왠지 어색한데?

◆루시안 : 이 정도쯤이야~.

그런 개인의 취미 스킬이야말로 제대로 활용하게 만들어 주고 싶으니까, 이쪽에서 쿨타임을 파악해서 가급적 좋은 상황에서 쓸 수 있게 해주고 있다.

저 녀석의 드래곤 소울이 대량의 적을 쓰러뜨릴수록 나도 기분이 좋다.

다음 사용은 한 시간 뒤다. 다음다음~.

◆루시안 : 몬스터 헌터를 처리했더니 작은 방에 몹이 늘었어. 일단 조심하자.

◆슈바인 : 오케이 오케이~.

◆세테 : 무땅, 앞으로 5분 정도는 짖을 수 없어.

◆슈바인 : 그럼 깨물어 깨물어~.

원래 루트로 돌아가서 작은 방을 순회했다.

틈새의 미궁 던전 — 미궁과 던전의 의미가 겹쳐있다는 것에 관해서는 언급해선 안 된다 — 은 맵 구석에 있는 큰 방과, 중앙에 있는 수많은 작은 방으로 형성된 필드 던전으로, 기본적으로는 작은 방을 돌며 적을 쓰러뜨리는 곳이다.

큰 방은 다 처리하지 못할 정도로 많은 적이 있어서 가는 게 무서우니까. 드래곤 소울이 불가능할 때는 다른 대인원 파티에게 맡기자.

몇몇 작은 방의 몬스터를 처리하며 다음 방으로 가자—.

◆루시안 : 우왓!

◆애플리코트 : 상당한 숫자로군.

작은 방에 적이 와글와글 있었다. 아무 경계 없이 들어온 바람에 바로 포위당했다. 실수했다.

게다가 추가로 펑펑 나왔다. 다른 방을 청소하고 있는 파티가 있는 것이다.

◆루시안 : 큰일 났다. 이거 버거워!

◆슈바인 : 미안, 드래소 못 써. 이럴 때를 위한 스킬인데…….

◆루시안 : 아니, 너 쿨타임 때마다 쓰고 있으니까 당연하잖아.

◆슈바인 : 숙련도가 필요하다고!

알고 있다니까! 소중하게 온존해달라는 소리는 안할 테니까!

◆애플리코트 : 이번에는 내 차례로군!

마침 미티어 영창을 완료한 마스터가 외쳤다.

말없이 아코가 엑스댐을 넣고, 위력이 늘어난 미티어가 쏟아졌다.

하지만 지금까지 다니던 던전보다 난이도가 높기 때문에,

아무리 마스터라도 엑스댐 원킬이 날 거라고는 도저히 단정 짓기 힘들었다. 모든 몬스터가 버틸 것이다.

◆애플리코트 : 한 방 더! 릴리스!

하지만 그걸로 끝나지 않는 것이 지금의 마스터다.

운석 위에 또 하나의 운석이 출현! 연속으로 쏟아진 미티어가 역시 폭포처럼 대미지 표시를 만들어냈다.

굉음과 이펙트가 사라진 뒤에는 소멸한 몬스터의 드롭 아이템만이 남아있었다. 이거 너무 세잖아?!

◆애플리코트 : 핫핫핫! 순간 딜로는 나도 뒤떨어지지 않는군!

◆슈바인 : 릴리스 진짜 비겁하잖아?!

사전에 충전해 둔 마법을 무영창으로 발동하는 릴리스 스펠— 영창이 긴 대(大)위력 마법을 그 자리에서 바로 쓸 수 있는 사기 스킬이다.

왠지 조금 전부터 계속 사기 스킬이라 말하고 있는데, 4차 직업 스킬은 이런 것들밖에 없더라니까? 다들 4차 직업이 되어 정신 나간 스킬을 익혔기 때문에 사냥 방식이 꽤 변하게 되었다.

◆세테 : 나도 그런 거 갖고 싶은데~.

세테 씨만 홀로 아직 3차 직업이다. 얼마 안 남았지만.

◆슈바인 : 레전서먼이 되면 무땅이 커져서 날뛰잖아.

◆세테 : 커지면 귀여움이 미묘해지니까 익히지 않을지도…….

◆슈바인 : 익히라고. 펜리르형의 메인 스킬이잖아ㅋ

이 사람도 이 사람대로 영문 모를 부분에 집착하네.

◆애플리코트 : 기다리게 했군. 릴리스 충전 완료다.

◆루시안 : 좋아. 다음으로 가자~.

그렇게 앞으로 나가려다 눈치챘다.

◆루시안 : 어라? 아코가 안 오는데?

◆슈바인 : 어?

HP가 여전히 줄어든 상태다 싶었는데, 아코가 방 바깥 복도에서 멈춰서 가만히 머물러 있었다. 조금 전에 엑스댐을 넣을 때까지는 멀쩡했는데……?

◆루시안 : 왜 그래? 아코.

◆세테 : 이거 혹시…….

그때 아코 옆에 몬스터가 확 튀어나왔다.

보통은 일부러 놀란 감정표현을 출력하며 내게 오는데…… 아아, 멍하니 서서 얻어맞고 있어!

◆슈바인 : 저 녀석 자고 있잖아!

◆루시안 : 어쩐지 말을 안 한다 했더니만!

서둘러 타깃을 따왔지만, 리젠 타이밍인지 그 사이에도 적이 펑펑 튀어나왔다!

◆슈바인 : 야, 아코한테 대미지가 가고 있잖아!

◆루시안 : 여기 몹은 랜덤 타깃이 많다고!

◆애플리코트 : 이런, 이대로 가면 아코가……! 릴리스!

타깃을 확실히 확보하더라도 랜덤으로 다른 멤버에게 공격을 하는 AI가 아코의 HP를 깎아나갔다.

평소였다면 힐을 약간 하는 것만으로도 충분한 대미지지만, 쌓이면 아프다. 전원의 호위도 허망하게, 아코의 HP가 제로까지 떨어졌다.

◆루시안 : 아코~!

◆애플리코트 : 아까운 사람을 잃었군…….

아코가 픽 쓰러졌다.

하지만 그 몸에 부드러운 빛이 쏟아지더니 후와앗! 하고 부풀었다. 놀랍게도 0이 되었던 HP가 절반까지 회복되어—아, 이건 안 되는데!

◆루시안 : 저 녀석, 자비 쓰고 있었어!

◆슈바인 : 이렇게 되니까 쓰지 말라고 했는데, 저 녀석!

여신의 자비— HP가 0이 되었을 때, 자동으로 부활이 발동하는 굉장한 스킬이다. 파티 붕괴의 위기를 구하는 신과 같은 스킬이지만, 본인이 자고 있을 때는 비참해진다.

◆루시안 : 죽어! 아코가 또 죽어!

◆슈바인 : 사망 페널티가 이중으로 걸릴 뿐이잖아!

◆애플리코트 : 누가 아코 군에게 전화를! 빨리!

◆세테 : 지금 걸고 있어! 아코, 빨리 받아줘~!

전직해서 다들 강해지긴 했지만, 그렇다고 알맹이가 변하는 건 아닌지라…….

우리는 평소대로 즐기고 있었다.

††† ††† †††

◆아코 : 슈가 화악~ 하고 불을 뿜었을 때까지는 일어나 있었는데요.

아코는 천연덕스러운 표정으로 「♪」마크를 날리면서 그렇게 말했다.

◆슈바인 : 이렇듯 용의자는 의미 불명의 진술을 하고 있으며—.

◆애플리코트 : 경찰에서는 여죄도 있다고 보고 수사를 진행하고 있습니다.

◆루시안 : 이어서 스포츠입니다. 현장의 세테 씨?

◆세테 : 네~, 현장의 세테입니다~.

◆아코 : 협력해서 디스하는 건 그만둬주세요오.

네가 곯아떨어져서 그런 거잖아.

◆슈바인 : 애초에 거기서 5분 정도는 움직이고 있었잖아.

◆루시안 : 작은 방 몇 군데를 청소할 때는 따라왔었으니까.

◆아코 : 기억에 없습니다.

◆애플리코트 : 무의식인가…….

굉장한 건지 아닌 건지 원—.

◆슈바인 : 자면서도 힐을 쓸 수 있게 된다면 자도 괜찮아.

◆아코 : 그건 자고 있는 저랑 상담해주세요.

◆세테 : 아코, 태연하게 말도 안 되는 소리를 하네.

우리는 전화로 깨운 아코를 데리고 서브 모임장인 니시무라 가(家)— 하우징으로 만든 유저 홈으로 왔다. 일단 굻아떨어진 이상 사냥을 계속하는 것도 위험하니까.

애초에 의자에서 자고 있는 게 좋지 않아서 깨운 거니까, 아코는 당장 침대로 이동해줬으면 하는데— 잠깐 자서 그런지 아코는 오히려 기운차 보였다.

◆슈바인 : 오, 슬슬 쿨타임이네.

◆아코 : 드래소는 바깥에서 해주세요.

◆슈바인 : 여기서 변해도 집은 안 부서지거든?

◆아코 : 집 안에서 드래곤이 튀어나와 불을 뿜는 거, 왠지 싫잖아요!

◆루시안 : 마음은 이해하지만ㅋ

◆아코 : 이 집은 제가 지키겠어요!

아코는 양손을 번쩍 들며 말했다.

그런 아코에게 마스터가 슬픈 어조로 대답했다.

◆애플리코트 : 집보다 파티를 지켜줬으면 한다만…….

◆아코 : 죄송해요. 지루해서 졸음이 왔거든요.

◆루시안 : 전투 중이었는데 지루하다니!

◆아코 : 그치만 요즘 렙업만 하고 있잖아요.

아코가 조금 불만스럽게 말했다.

◆아코 : 조금 더 비전투적인 활동도 하자고요.

◆루시안 : 으음~, 확실히…….

요즘은 조금 사냥이 많았을지도—.

모처럼 전직해서 한동안 전투를 메인으로 즐기긴 했다.

◆슈바인 : 그치만 전직까지 오래 걸렸잖아.

◆세테 : 다들 좀처럼 전직하지 못했으니까.

그런 만큼 전직하고 나서 전투만 하게 됐지만.

◆아코 : 그래도 싸우기만 해서는 역시 질려버린다고요.

◆루시안 : 미안미안.

그래서 이렇게 홈에 와서 다들 뚝딱뚝딱 팅팅 주욱주욱 하고 생산 스킬을 올리는 중이다.

◆슈바인 : 질렸다고 하니 말인데—.

작업에 지쳤는지 나른하게 소파에 앉은 슈가 말했다.

◆슈바인 : 이 집. 질렸어.

◆아코 : 너무해요! 소중한 저희 집이거든요?!

◆슈바인 : 그치만 말이지.

슈가 살짝 손을 펼쳤다.

◆슈바인 : 할 게 없잖아. 여기.

◆아코 : 그거야, 뭐…….

사실이긴 하다.

유저 홈을 일부러 추가한 건 좋았지만, 쓸 곳이 전혀 없단 말이지.

생산 스킬 보조 설비를 설치할 수는 있지만, 창고와의 거리가 여러모로 문제가 되어서 그냥 마을에서 만드는 편이 효율이 좋으니까.

그것 말고 집에서 뭔가 하려면, 이렇게 모일 수밖에 없다.

◆루시안 : 솔직히 집이 있는 의미가 없어~ 라고 다들 말하긴 하지.

◆애플리코트 : 존재 가치를 따지면 딱히 없긴 하군.

◆아코 : 집에 집이라는 것 이외의 용도를 원하는 건 이상하다고 생각하는데요.

◆루시안 : 그야 그렇지만.

이쪽에서 생활하는 레벨인 아코야 집에서 제대로 보낼 수 있다는 게 중요하겠지만, 게이머인 우리 쪽에서 보면 용도가 중요하단 말이지.

◆슈바인 : 실제로 말이지, 이렇게 집에 있어도 한가하잖아?

◆아코 : 평소에는 집에서 나가는 게 싫다고 하면서, 게임 속에서는 집이 한가하다고 말하는 건 이상하잖아요!

◆루시안 : 그야 게임 속의 집에서도 온라인 게임을 할 수 있다면 한가하지 않겠지.

◆슈바인 : 무한 루프는 무섭지 않아?

무섭지!

◆세테 : 그럼 구조를 바꿔볼까?

◆아코 : 좋네요! 일단 저 소파를 철거하죠!

◆슈바인 : 저 소파라는 건, 이 몸이 자고 있는 소파 말이야? 으응?

◆루시안 : 자고 있는 도중에 없애 버리면 어떻게 되는 걸까?

◆아코 : 떨어져요.

떨어뜨리고 싶은 거냐, 너…….

◆아코 : 아직 제대로 보지 않았지만, 4차 직업 업데이트에서 가구도 여러 가지 추가되었을 거예요.

제작 아이템 일람을 보고 있는지 아코의 움직임이 멈췄다.

◆아코 : ……응?

그때 아코가 일부러 의아한 듯한 채팅을 치며 고개를 갸웃했다.

뭐야, 그 의문 어필?

◆루시안 : 왜 그래?

◆아코 : 모르는 장르의 가구가 있는데요?

◆세테 : 있네.

세테 씨한테도 있는 건가?

장르라는 건, 바닥이나 벽이나 천장이나, 그런 레벨로 다른 가구라는 거?

◆루시안 : 뭘 만들 수 있게 됐는데?

◆세테 : 트랩이란 항목이 생겼어.

◆슈바인 : ……트랩?

◆애플리코트 : 흐음…….

수리 스킬의 수련을 위해 계속 지팡이를 닦고 있던 마스터도 손을 멈췄다.

그리고 집 한쪽에서 빛나고 있는 관리 크리스털을 건드리더니—.

◆애플리코트 : 집의 시설 항목에도 늘어났군. 트랩, 타워, 가디언…….

◆루시안 : 집에서 뭘 할 생각이길래…….

요새나 뭐 그런 건가?

◆세테 : 트랩하고는 다른 항목에 엔진이나 바퀴 같은 것도 있는데, 뭘 하고 싶은 걸까?

◆슈바인 : 영문을 모르겠네.

나도 볼까?

생산 스킬, 가구 일람…… 우와, 확실히 늘었잖아? 게다가 영문 모를 것들이…….

◆루시안 : 왠지 바리케이드 같은 걸 만들 수 있게 됐는데?

◆슈바인 : 내 화면에는 뒤숭숭한 것들만 늘어났어. 스파이크 트랩? 가시가 나와?

◆애플리코트 : 알아보니, 용도에 대해서는 내일 공지가 나온다고 하는군.

◆슈바인 : 아아, 내일…… 내일이라…….

◆아코 : 왠지 이유를 알 것 같아요.

◆세테 : 그러네.

다들 쓴웃음을 지으며 말했다. 하긴, 내일 공지라고 하면, 언제 쓸지 알기 쉽다.

내일은 골든 위크 전, 마지막 등교일.

이제 곧 올해 최초의 연휴가 시작된다.

††† ††† †††

골든 위크 이벤트 알림

레전더리 에이지 운영팀입니다.

유저 여러분의 의견을 집계한 결과, 유저 홈이 좁다, 용도가 적다는 의견이 많이 확인되었습니다.

운영팀에서도 이런 문제점을 확인하여, 그 개선의 일환으로 골든 위크 한정, 유저 홈에 몬스터가 습격하는 이벤트를 개최하고자 합니다.

이벤트 내용이나 참가 방법 등의 자세한 사항은 이벤트 페이지를 참조해 주세요.

※이벤트 참가 신청이 되지 않은 유저 홈에는 몬스터가 습격해 오지 않습니다.

다음날 방과 후, 부실에서 공식 사이트를 연 우리가 본 것은 이 공지였다.

"그렇구나."

풀썩, 의자에 앉은 세가와가 어깨를 으쓱했다.

"써먹을 데가 없으니까 방어 이벤트에 쓰도록 하겠다는 거네."

"뭐, 섣불리 특수한 기능을 붙이는 것보다는 전투에 쓰게 하는 편이 나으니까."

한 시간 동안 집에 있으면 한동안 경험치가 두 배로! 같은 걸 해버리면 다들 집에서 나오지 않게 되어 마을이 한산해지니까.

"이벤트 페이지에 따르면, 보수로는 집의 레벨이 올라가서 내부 공간을 확장할 수 있게 된다고 하는군."

"집 레벨 같은 게 추가됐었던가?"

"좀 더 레벨이 높은 가구를 놓을 수 있다고 적혀있어. 아코."

"하죠!"

오오, 집에 관련된 거라 아코가 의욕이 넘친다.

"그럼 골든 위크 때에는 이게 메인이겠네."

휴일에는 사냥터도 붐비니까, 집에서 할 수 있는 편이 좋겠지.

어차피 다들 한가해서 온라인 게임을 할 테니까. 그런 전제로 말했던 내게—.

"이의는 없지만, 조금 문제가 있을지도 모르겠어."

세가와가 미안한 듯이 말했다.

어, 문제? 뭔가 있었던가?

"나, 휴일에 할 일이 있어."

"나도!"

"미안하군. 나도 그렇다."

세가와, 아키야마, 마스터가 모두 양손을 짝 맞댔다.

예정이 있다니, 어? 뭐야? 바쁘니까 온라인 게임은 못한다는 거야?

"……진짜로?!"

"왜 그렇게 놀라는데? 나도 연휴 일정 정도는 있다고."

"맞아. 게임만 해서는 살 수가 없잖아!"

"게임만 하며 살아가고 싶은 게 본심이다만, 일은 일이지."

"진짜냐~."

휴일=온라인 게임 같았던 멤버가 온라인 게임 말고 다른 일로 바쁘다니…….

"깜짝 놀랐네."

"깜짝 놀랐어요."

"오히려 너희는 왜 한가한 건데?"

세가와는 오히려 질린 표정이었다.

"그런 소리를 해도 할 일이 없거든. 오히려 세가와 넌 무슨 일인데?"

"입시학원에서 연휴 특별 집중강좌가 있어."

입시학원?! 집중강좌?!

엄청 듣고 싶지 않은 단어가……!

"너 벌써 입시학원 같은 데 다닐 생각이냐?!"

"시작할 생각이고 뭐고, 벌써 시작했는데?"

"슈도 참 심술궂네요~. 또 그런 농담을~."

"이런 농담을 해서 무슨 의미가 있다는 거야……."

"……진짜인가요."

"우와…… 수험 공부라……."

그야 언젠가는 수험을 위해 열심히 노력해야 한다고 생각하지만, 친한 친구가 움직이기 시작하니까 갑자기 조바심이 드네.

"우우우……, 슈, 수험 같은 단어를 꺼내는 건 좋지 않아요. 분위기가 찌릿찌릿해지잖아요."

"현실에서 눈을 돌려봐야 별수 없잖아."

세가와는 어이없다는 듯이, 하지만 조금 우리를 배려하며 말했다.

"오늘까지 접수 받고 있으니까, 너희도 같이 올래?"

"……아니, 여름방학 즈음부터 열심히 하면 되겠지……."

"3학년이 되고 나서 해도 괜찮지 않을까요……."

"절대로 열심히 하지 않는 패턴이네, 그거."

"아하하……."

아키야마가 곤란한 표정으로 우리를 바라봤다.

이 녀석은 아무 말도 하지 않지만 제대로 공부하는 타입이니까—.

"나나코는 뭐가 있는데?"
"나는 조금 배우는 것들의 시험이 겹쳐서……."
"앗! 세테 씨. 배우는 게 있나요?"
"그렇다니까~. 큰일이야 큰일."
말하는 것과는 반대로 꽤나 가벼운 태도로 끄덕였다.
"그 밖에도 할머니를 대신해서 외출할 용건도 있고, 여러모로 많아."
"큰일이네요."
왠지 평범한 가정 사정이라는 느낌이라 뭐라 말할 수 없는 타입인걸.
"참고로 아키야마, 뭘 배우는데?"
그렇게 물어보자—.
"대략적으로 말하자면…… 신부수업 계열?"
"그런 걸 하고 있었던 건가요?!"
"시켜서 하는 거라고~."
아키야마가 후후후, 하고 조금 의기양양하게 웃었다.
"아, 니시무라의 신부로서 합격인지 시험해 볼래?"
"기혼자한테 말해서 어쩔 건가요."
"기혼도 아니고 시험도 안 봐."
합격이라 해도 불합격이라 해도 거북하잖아!
"마스터는 뭔데? 평소대로라면, 합숙이다! 라고 말할 상황 아냐?"

“나는 수행원으로서 외출할 용건이 많다. 거의 하루 종일이지.”

“귀찮겠네~.”

부모님의 볼일에 어울려주는 건가? 힘들겠네.

“그럼 다들 골든 위크 때는 계속 없는 거야?”

“전혀 로그인할 수 없는 건 아니지만, 며칠만 들어오는 정도일 거야.”

“나도 가끔이라면, 비슷할지도…….”

“음. 가능한 범위 안에서 들어오기로 하마.”

“이게 어찌된 일이야…….”

세 사람 모두 바쁘다니, 정말로 처음 있는 일이다.

이러니저러니 해도 연휴 때에는 매일 로그인하고 있던 앨리 캣츠가, 오히려 평소보다 사람이 적다니…….

여기서 아코까지 예정이 있다면…… 나 혼자?

이 레벨이 되어서 설마 솔로야? 외톨이야?

“……참고로, 아코는?”

나는 조심조심 물어봤다.

“아무것도 없어요~.”

아코는 가볍게 대답하고는 되물었다.

“저기, 설마 루시안도 예정이 있다, 거나…….”

“나도 예정 없어.”

“다행이네요!”

아코는 폴짝 뛰면서 승리의 포즈를 지었다. 왜 그렇게 안심하고 있는데…….

확실히 솔로로는 절대로 지키지 못하겠지만, 그렇다 해도 저런 호들갑스러운 리액션이라니.

"그럼 둘이서 지킬까…… 느긋한 이벤트가 될 것 같네."

"저희 집이니까, 저희끼리 지키죠!"

그렇게 결의한 우리들.

그때 부실 문이 열렸다.

"하~이, 조금 우울한 골든 위크 직전 미팅은 어떻게 되고 있어~?"

사이토 선생님이 들어왔다. 우울하다니 무슨 뜻인가요.

"휴일 전인데 뭐가 싫으신 건가요?"

"그치만 또 합숙 같은 말을 꺼낼 것 아니니?"

아, 역시 선생님도 그렇게 생각하고 있었구나.

"이번에는 아무것도 안 해요."

"에엑?! 그치만 습격 이벤트도 있잖니? 안 할 거야?"

"그건 하겠지만요……."

쉬는 쪽 세 사람에게 시선을 돌렸다.

"우리도 바쁘다고."

"저랑 아카네랑 쿄우 선배는 이것저것 볼일이 있거든요."

"그러니 합숙은 없습니다. 면목 없군요."

마스터가 미안한 듯이 말하자 고양이공주 씨가 놀랐다.

"정말로?!"

"왜 좋아하는 건가요!"

"그치만 골든 위크는, 새 학기가 시작하고 최초의 연휴잖니? 연수에 공부 모임에 신입생 정보 공유에 신인 지도도—."

"알겠어요, 죄송해요, 정말 죄송해요."

선생님도 큰일이구나.

"그렇다면…… 고양이공주 씨도 도와주지 못하는 건가요?"

"미안하지만 무리다냥."

"그럼 정말로 둘이서 해야 하나……."

"열심히 하지 않으면 안 되겠네요."

험난한 골든 위크가 될 것 같았다.

††† ††† †††

"둘이서 제대로 지킬 수 있을까요?"

"글쎄~."

아코와 둘이서 돌아가는 길. 화제는 물론 유저 홈 습격 이벤트였다.

"애초에 무슨 이벤트인지도 모르겠고, 뭐라 말을 못하겠네."

"설명이 대충이었으니까요."

이벤트 페이지를 봐도 적이 습격하니까 지켜라! 라는 느낌의 설명밖에 없어서 세부사항을 잘 알 수 없었다.

실제로 해보지 않으면 뭐라 말할 수가 없을 것 같았다.

"일단 딜러가 없잖아."

"저랑 루시안뿐이니까요."

방어와 치유계 두 사람이다.

적이 밀어붙인다면 미처 다 섬멸하지 못해서 밀려날 것이 틀림없다.

그러니 가구들 중에서 늘어난, 수수께끼의 방어설비에 따라 상황이 달라질 텐데…….

"그 트랩이라든가 타워 같은 것도, 어떤 게 있는지 제대로 확인하지 못했으니까."

"어째서인지는 모르겠지만, 저는 공격하는 것들을 아무것도 만들 수 없었어요."

"나도 그래."

바리케이드 같은 방어하는 것들뿐이다.

그야 아코 정도로는 올리지 않았지만 생산 스킬에도 손을 대기 시작했으니 전혀 만들 수 없는 건 이상하다. 뭔가 다른 조건이 있는 걸지도 모른다.

"그런 것들도 제대로 준비해놔야겠지. 다른 멤버들은 의지할 수 없으니까."

"이렇게 이벤트가 있을 때 다들 없다니 드문 일이네요."

"그러게 말이야."

거의 처음일지도 모른다.

현실의 볼일과 온라인 게임의 이벤트라면 이벤트 쪽을 우선하는 게 우리였으니까.

"앞으로는 이런 일이 늘어날지도 몰라."

놀기만 하면서 보낼 수 없는 시기니까, 라는 생각이 들자 조금 슬퍼졌다.

"그렇게, 점점 친구가 아니게 되는 건가요?!"

"그럴 리가 있냐……."

넌 대체 뭘 걱정하는 거야.

"친구 리스트에는 있지만, 어디서 알게 됐는지는 전혀 기억하지 못하는 누군가, 같은 취급이 되지 않을까요?"

"그럴 일 없거든!"

어디서 알게 됐는지 전혀 기억이 안 나서 마을에서 만나면 오히려 곤란해지는 수수께끼의 친구는 확실히 있긴 하지만!

"반대로 언제나 있어야만 한다는 것도 부담이잖아? 서로 가벼운 느낌인 게 온라인 게임의 좋은 점이라고."

"그건 이해가 가요. 의무가 되면 재미없으니까요."

취미이지 의무는 아니다. 하고 싶어지면 하고, 하기 싫어지면 그만둔다. 놀 수 있을 때 놀고, 놀 수 없을 때에는 놀지 않는다. 그런 가벼움도 온라인 게임의 장점이다.

온라인 게임이 의무인 건 일부 톱 플레이어만으로도 충분합니다.

"힘들 것 같지만, 둘이서 집을 지키는 것도 근사하네요."

아코가 마음을 다잡듯이 양발을 앞으로 척 내밀었다.
“그렇게 기대된다고 해도 말이지…….”
“루시안은 싫나요?”
“싫지는 않지만, 기쁜 것도 아닐지도?”
딱히 집을 지키는 것에 그다지 집착하지는 않으니까.
“그런가요…….”
으으음, 하고 고개를 갸웃한 아코의 긴 머리가 옆으로 주르륵 흘렀다.
“듣고 보니, 집을 지키는 건 아내의 일이라는 이미지네요.”
“그런 소리를 하면 남녀평등을 주장하는 사람한테 혼나거든?”
“당구장 표시, 개인의 의견입니다.”
“좋아, 오케이.”
이걸로 문제없다.
없지? 없겠지?
“이미지로 생각하면, 부부끼리는 연휴에 어디로 나가는 느낌 아닌가요?”
“으음, 다들 바쁘다니까, 연휴는 역시 나가는 느낌일지도…….”
부정할 수는 없지만, 내 취향은 아니란 말이지.
“오히려 연휴에는 쉬고 싶은데…….”
“집에서 느긋하게 쉴 수 있는 날이니까요.”

아코도 끄덕였다. 진짜로 끼리끼리 부부네.

"어디를 나가더라도 붐빌 테니까."

"사람이 엄청 많으면 거북해요."

"나도 좋아하지는 않아."

연휴가 되면 집에서 마음껏 온라인 게임을 할 수 있게 된다.

그 권리를 버리고 일부러 외출하다니…… 아니, 전혀 생각하지 않는 건 아니다.

혼자라면 온라인 게임을 했겠지만, 그게 아니라면—.

"아코랑 함께라면 딱히 상관없는데……."

"루시안과 함께라면 외출할 수 있는데요……."

둘이 나지막하게 중얼거린 말이, 완벽하게 겹쳤다!

우와, 쑥스러워. 아무 생각 없이 말하는 게 아니었어.

아코는 무슨 표정일까 싶어서 슬쩍 옆으로 시선을 돌리자—.

"……에헤헤헤헤."

"에잇, 좋아하지 말라고, 정말!"

"냐우우우우웃!"

아코의 머리를 벅벅 헝클어서 얼버무렸다. 변함없이 부스스한 주제에 부드럽다.

"쑥스러움을 감추려고 쓰다듬지 말아주세요오."

"미안미안."

"그렇다고 그만두지도 말아주세요!"

"넌 대체 뭘 원하는 건데……."

"냐우우……."

옳지옳지 하고 쓰다듬어주자 고롱고롱 목을 울렸다.

돌아가는 길에 이런 짓을 하고 있으니 학교에 부부설이 점점 퍼지고 있는 거겠지만, 곤란하게도 그만둘 수가 없단 말이지.

"그럼 둘이서 어디 나갈까?"

"그것도 좋지만요."

아코는 조심조심 나를 올려다봤다.

"조금 상담하고 싶은 게 있어서…… 지금 바로 집에 같이 가 주시지 않겠어요?"

터무니없이 귀찮은 일이 생길 것 같은 부탁이었다.

††† ††† †††

지금 바로냐, 라고 태클을 걸고 싶기도 했지만, 아코가 상담하고 싶다는 말을 꺼내는 건 매우 드물다.

그게 아니더라도 아코의 부탁을 무턱대고 거절할 생각은 없었다.

타마키 가에 가니 여느 때처럼 나를 맞이해주었다.

"다녀왔어요~."

"실례합니다."

가볍게 인사를 하고 현관으로 들어섰다.

음, 평소보다 신발이 많은데…… 누가 집에 있는 건가?
"루시안도 『다녀왔어요』라고 해도 되는데요?"
"안 되거든?"
그런 말을 나누며 거실로 가자—.
"어서 오렴. 아코, 히데키."
아코네 어머니가 싱글벙글 웃으며 앉아계셨다.
"다녀왔어요~."
"실례합니다."
"히데키도 『다녀왔어요』라고 해도 되는데?"
"정말로 모녀지간이시네요."
그런 교육방침인 건가.
그건 그렇고 의외다. 평일에 놀러 오면 대부분 일 때문에 안 계셨는데…….
아코네 어머니가 계신 건 밸런타인데이 때처럼, 변변찮은 걸 생각하고 있을 때니까…….
"제대로 데려와 줬구나. 아코."
"네."
어머니가 그렇게 말하자 아코가 부드럽게 고개를 끄덕였다.
어? 나를 부른 사람이 아코가 아니었어?
"……어머니께서 저를 부르신 건가요?"
"응. 어머님이 부른 거란다."
왠지 지금 뉘앙스가 좀 다르지 않았나요?

“정확하게는 우리 집 가족 전원이 상담할 게 있어서 말이야.”

타마키 집안 전원의 상담……이라고……?!

이제 불길한 예감밖에 들지 않아!

“……굉장히 귀찮은 걸 부탁하실 것 같은데요.”

“성가신 일이라 생각하지만, 아코에 관한 일이란다.”

“그렇게 말씀하시면 들을 수밖에 없잖아요…….”

“어머, 아코 일이라면 귀찮아도 들어주는 거니?”

“이제 쑥스러워하는 것도 귀찮으니까 무시할게요.”

“아쉽네~.”

우우……, 이 사람하고 있으면 평정심이 흐트러진다.

왠지 여유가 있는 아코 같아서 아무래도 침착해지지 않는단 말이지.

나와 진짜로 결혼한 뒤의 아코는 이런 느낌이 되는 건가.

“엄마, 루시안과 너무 친하게 지내지 말아주세요!”

“그래그래. 미안해~.”

어머니가 아코의 머리를 토닥토닥 두드렸다.

“그럼 아코, 히데키에게 차를 타주렴.”

“에이, 엄마가 타주세요.”

“어머? 내 솜씨를 대접하고 싶니?”

“제가 탈게요.”

와아, 순순히 따르네~.

역시 태어났을 때부터 아코를 봐온 만큼 그만한 능력이

있으시구나.

"능숙하게 다루시네요."

"딸이니까. 나중에 히데키한테도 요령을 알려줄게."

싱글벙글 웃으며 할 말인가요, 그거.

"그래서 상담 내용 말인데……."

아코가 없는 타이밍을 노린 건지, 어머니가 입을 여셨다.

"내일부터 골든 위크잖니?"

"그렇죠."

"그 기간에, 잠깐 여행을 다녀오려고 생각 중이란다."

"어? 그런가요?"

아코는 한가하다고 했었는데, 역시 일정이 있었던 건가?

그것도 여행이라니, 확실히 로그인 못하겠네. 나 혼자인가…….

"그러니 그 사이에, 아코를 부탁하고 싶어서."

……응?

"죄송한데요, 왠지 이야기가 종잡을 수가 없는데요."

"어머, 뭐가 이상한 거니?"

"저기, 골든 위크에 여행을 가시는 거죠?"

"그런데?"

"그러니 아코를 부탁한다고 말씀하셔도, 저는 여행에는 따라가지 않는데요?"

"아아, 그런 말이구나~."

어머니는 양손을 펼쳐서 짝 마주쳤다.

"아코는 집을 지킬 거란다."

"예?"

"부부끼리 가는 거야."

부부끼리, 여행에…… 그렇다면—.

"아코를 내버려두고 간다는 건가요?!"

가족여행 아니었어?! 아코는?!

"귀찮아서 보리차로 했어요."

"정말, 그래선 컵에 부을 뿐이잖니."

아코가 돌아왔지만, 그런 차 이야기를 할 때가 아니라고!

"아코! 너 어쩐지 여행에 안 데려간다는 것 같은데?!"

"네. 저는 안 가요."

어, 어라? 태연하게 말하는데?

"설마 아코 너도 납득한 거냐?"

"그치만 엄마랑 아빠의 여행인데요? 제가 따라가도 방해만 되잖아요."

"부모님을 따라간다고 방해가 되겠냐?"

"그래. 방해는 아니야. 아코도 같이 가자."

어머니도 그렇게 말하고 있지만, 아코는 진심으로 싫다는 듯이 고개를 내저었다.

"안 갈 거예요. 모르는 사람이 가득하고, 온라인 게임도 못하고, 루시안도 없잖아요!"

"이 아이는 이렇다니까……."

"하아……."

아코다운 말이기는 하지만, 설마 가족여행에서 집에 남겠다고 요청할 줄이야.

게다가 나는 알고 있지만, 아코와 아코네 어머니와 아버지, 평범하게 사이가 좋거든? 사이가 나빠서 남는 것도 아니거든?

"그렇게 됐으니까, 여행 중에 아코를 부탁할 수 있을까 해서."

"이야기는 알겠어요."

상황은 이해했지만, 역시 의문이 있다.

"딱히 아코는 혼자 있어도 괜찮잖아요?"

아코는 — 작업 스피드를 신경 쓰지 않는다면 — 가사 만능이고, 혼자 있는 걸 싫어하는 타입도 아니니 집에 남는다 해도 딱히 곤란한 일은 없을 텐데…….

하지만 아코의 어머니는 크게 한숨을 내쉬셨다.

"그게 안 되거든. 이 아이는 정말로 글러먹은 아이라서……."

"그렇게 글러먹은 건 아닌데요."

"글러먹은 아이잖니?"

어머니가 아코의 뺨을 콕콕 찌르며 말했다.

"아코는 사람이 있으면 그런대로 성실하게 지내지만, 혼자 남으면 곧바로 글러먹은 아이가 되는 타입이거든."

아아, 그런 부분은 있을지도…….

"성실계(系) 쓰레기, 같은 녀석이네요."

"딱히 성실하지도 않다고 생각하는데요."

"그럼 성실하지 않은계 쓰레기일까?"

그건 그냥 쓰레기입니다만. 아코는 그렇게까지 나쁜 아이는 아니거든요?

"참고로 혼자라면, 아코는 어떻게 되나요?"

"구체적으로 말하자면, 우리가 돌아올 때까지 제대로 밥도 먹지 않고, 목욕도 안 하고, 파자마도 갈아입지 않고, 자는 시간도 엉망진창에 거의 방에서 나오지 않는 나태한 생활을 이어가다가, 마지막 날에 청소만 하고 모르는 척을 한단다."

"그럴싸해!"

성실하지 않은계 쓰레기 아코라면 할 수 있어!

직접 들은 본인은 어떨까 싶어서 아코를 바라보자—.

"뭐가 나쁜 건가요! 쉬는 날에 쉬는 건 당연하잖아요! 저는 빈둥빈둥~ 보낼 거니까요!"

"확신범이잖아!"

그것도 오용이 아닌 쪽의 희귀한 확신범이잖아!

"보렴, 이렇다니까."

아코의 어머니는 안 돼! 라며 양손으로 엑스(X)자를 만들었다.

"그리고 말이지, 아코에게 부탁하고 싶은 게 이것저것 있는데, 이 아이 혼자라면 절대로 하지 않을 테니까."

어머니가 양손을 내리고 메모를 슬쩍 꺼냈다.

그곳에는 장보기, 쓰레기 버리기, 풀 뽑기 같은 평범한 집안일이 적혀 있었다.

여행 중에 해줬으면 하는 잡일인가.

"……."

아코는 그걸 보고는 마찬가지로 엑스자를 만들었다.

"풀 뽑기 시점에서 무리에요."

"마음은 이해해."

귀찮으니까.

"하지만 그래서 주부가 될 수 있겠어?"

"루시안과 함께라면 할게요."

그런 건가.

나랑 같이 땀을 흘리면서 풀 뽑기를 한다면 할 수 있는 거구나.

"그치? 이 아이를 혼자 두면 어떻게 될지, 알았니?"

"으으음……."

골든 위크를 혼자 보내는 아코를 상상해봤다.

가뜩이나 혼자 있으면 틀어박히는데, 몬스터가 습격하는 이벤트까지 있다.

밥도 잘 먹지 않고, 목욕도 하지 않고, 제대로 자지도 않고, 부스스한 머리에 눈 밑에는 다크 서클까지 생기더라도,

그저 방에서 빤히 화면만 바라보는 아코가 정말이지 리얼하게 상상이 됐다.

응, 어쩔 수 없군.

"알겠습니다. 따님은 맡겨주세요."

"그렇게 말해줄 거라 생각했단다!"

역시 그런 아코는 보고 싶지 않으니까.

"정말인가요, 루시안!"

"어쩔 수 없잖아."

뭐, 대단한 수고는 아니니까.

하루에 한 번 정도 슬쩍 상태를 보러 오면, 집을 마구 어지르지도 않을 거고, 남에게 보이고 싶지 않은 복장으로 있을 수도 없다.

뭣하면 한 끼 정도 같이 먹으면 영양도 보충되고, 잡일도 같이 하자.

나도 아코를 만나고 싶으니까 문제다운 문제는 없다.

"그럼 연휴 중에는—."

때때로 놀러올 테니까, 라고 말하려던 내게—.

"저희 집에 묵는 거네요!"

"엥?"

뭣이라고?

"마침내 저희 두 사람의 결혼 생활이 시작되는 거군요!"

"뭔 소리야?!"

"잘 됐네. 고마워, 히데키."

아니아니아니! 무슨 감사인데!

"집에 묶지는 않을 건데요? 매일 상태를 보러 올 거니까, 그거면 괜찮잖아요?!"

"그래선 아코는 제대로 자지 않을 텐데……."

"그럼요."

아니아니—.

"아침도 먹지 않을 거고."

"먹지 않겠죠."

아니아니아니.

"게다가 밤에 부탁하고 싶은 것도 있기든."

"저 혼자선 안 할 건데요!"

아니아니아니아니.

"그렇다고 묶는 건 곤란하잖아요!"

"따님은 맡겨달라고 해놓고선, 거짓말이었니?"

"말하긴 했지만, 그래도 말이죠……."

"보렴, 이렇게 확실히—."

어머니가 휴대전화 버튼을 누르자, 그곳에서 음성이 흘러나왔다.

『따님은 맡겨주세요.』

"언제 녹음한 겁니까!"

아코보다 교묘하잖아, 이 사람!

"엄마, 그거 나중에 주세요."

"컴퓨터에 전송해 놓을게."

"그만둬엇!"

그런 게 아코의 손에 넘어갔다가는 큰일이 벌어진다고!

"그럼 그만둘 테니까, 아코를 부탁해."

"……어어, 잠깐 기다려주세요. 일단 진정 좀 하고요."

진정해, 쿨해지자. 쿨해지는 거다, 나.

후우~ 하아~ 하고 심호흡을 하며 마음을 진정시켰다.

"아무튼 말이죠. 냉정하게 생각해서, 묵는 건 좋지 않잖아요?"

"어머, 어째서?"

"저랑 아코는 진심으로 건전하게 사귀고 있어요. 그러니까 어머니나 아버지에게도 부끄러움 없이 얼굴을 내밀 수 있는 거라고요. 그런데, 미성년자 남녀가 같은 집에 묵는다니—."

"아아, 콘돔은 확실하게 아코에게 맡겨놨으니까, 제대로 쓰렴."

"세 박스 받았어요."

"당신 정말 어머니 맞습니까?!"

"어딜 봐도 저희 엄마잖아요."

"그렇긴 하네에에에에에에."

아코의 어머니라고 생각하면 완벽해!

쿨다운했는데 5초 만에 쓸모가 없어졌어! 젠장!

"하지만, 엄마로서 딸의 안전을 생각하면, 오히려 건네줄 건 건네주는 게……."

"그 이야기는 계속하지 않아도 돼요!"

쓸 기회 없으니까!

어, 어어, 그밖에 반론은……!

"맞다. 제가 묵는 거, 아버지께서는 납득하신 건가요? 아버지라면 분명 안 된다고……."

"히데키에게 민폐를 끼치지 말라고 했단다."

"지금 이게 민폐잖아요!"

"즐거워 보이는데?"

"루시안은 츤데레이니까요."

"이 모녀는 끝까지이이이이이이이!"

아코 단독으로도 5대5인데, 강한 아코 같은 사람까지 세트가 되면 못 이긴다고!

기다려! 아직이야! 다시 생각해보자, 나!

이제 몰라! 안 와! 라고 말하고 돌아가도 되겠지만, 결국 아코를 내버려둘 수는 없으니까, 상황을 보러 올 수밖에 없다.

그렇다면 부모님께 OK 사인을 받은 이상, 아코는 전력으로 내가 못 돌아가게 만류하려 들 것이다. 달라붙는 아코를 떨쳐내고, 매일 집에 돌아가는 건 솔직히 힘드니까…….

"……."

"고민하네~."

"이건 OK해 줄 플래그에요."

"어머, 그러니?"

아아, 정말 귀찮네. 이 두 사람!

"좋~아요, 알았어요, 알았다고요! 묵을게요, 묵으면 되잖아요!"

"이해해 준 거구나."

어머니는 기뻐하면서 앞으로 몸을 내밀었다.

나는 그 눈앞에서 양손을 펼쳐 내밀었다.

"단!"

그리고 아코와 어머니 양쪽을 교대로 바라보며 말했다.

"불순한 짓은 전혀 하지 않을 테니까, 믿어주세요! 그럼 제대로 아코가 나태하게 보내지 못하도록, 같이 있을 테니까요!"

"어째서 그게 안 되는 건가요!"

"어째서 좋아하시네!"

성별을 생각해! 반대잖아, 반대!

††† ††† †††

"그럼, 조금 이따 다시 올게요……."

"부탁해~."

"저녁밥 만들고 기다리고 있을게요!"

나는 싱긋 웃는 타마키 모녀의 배웅을 받으며 타마키 가를 나왔다.

어머니는 아코의 아버지가 출장가신 곳으로 가서 그대로 합류할 거라 바로 출발한다고 하셨다. 그래서 지금 당장 상담하고 싶다고 말한 거였다.

그렇게 1초라도 빨리 남편에게 가고 싶다는 얼굴은, 정말 아코의 어머니구나 하는 느낌이었다.

아버지도 고생하고 있다니까.

그래서 내게 다정한 걸지도 모르지만…….

"그건 그렇고, 오늘부터냐……."

내일로 해주면 안 되나~ 싶었지만, 가지 않으면 아코는 저녁밥도 목욕탕도 수면도 무시할 것 같으니까…….

조금 지친 기분으로 전철을 타고 집까지 돌아왔다.

아직 아버지도 어머니도 돌아오지 않으셨겠지.

"나 왔어."

"어서 와."

하지만 미즈키는 있었나.

타이밍 좋게 거실에서 나온 여동생에게 살짝 손을 들었다.

미즈키는 내 얼굴을 본 순간 이렇게 말했다.

"오빠, 피곤해?"

"아아, 아니, 응……."

너 용케도 알아챘네.

"오늘부터 휴일이니까 느긋하게 지내야지?"

한가로운 여동생에게 조금 치유 받았다.

응응, 가족은 이런 법이지.

"저기, 오빠. 골든 위크에 아무데도 안 가지? 하루 정도는 놀러가지 않을래?"

"엑?!"

그런 한가로운 표정으로 그런 말을 들었다.

거절할 거라고는 전혀 생각하지 않는 미즈키에게는 무척 미안하지만, 미안, 오빠는 바쁘단다.

"미안, 부활동으로 합숙이 있어서……."

"에엑!"

아아, 죄악감이—!

여동생이 상대더라도, 아니 여동생이 상대이기 때문에 거짓말을 하는 게 괴롭다.

"그런 거 못 들었는데?"

"나도 들은 적 없어."

이건 사실.

"골든 위크 마지막 날에는 돌아올 테니까, 엄마한테 잘 전해줘."

"응……."

그런 내 얼굴을 미즈키가 빤히 바라봤다.

"합숙이야?"

"연휴에는 언제나 했었잖아?"

"그렇긴 하지만……."

이런, 수상한데~ 라는 표정을 짓고 있어!

"그, 그럼 나, 짐 정리할 테니까!"

"아…… 응……."

도망치자, 도망쳐!

잽싸게 방으로 돌아왔다.

자, 그럼 뭐가 필요하지?

나흘을 묵는 거니까…… 지금까지 중에 제일 길구나.

갈아입을 옷을 얼마나 가져가야 할까?

그때 휴대전화가 우우웅 하고 울렸다.

[아코] 세탁할 거니까, 갈아입을 옷은 조금만 있어도 괜찮아요.

[니시무라] 초능력자냐.

[아코] 신부인데요.

[니시무라] 신부였냐.

신부 아니거든?

그럼 최소한의 것들만…… 그렇게 옷장을 뒤지고 있는데 다시 휴대전화가 울렸다.

[애플리코트] 이벤트에 대해 잠깐 회의를 진행하자. 방치해놔도 좋으니 들어올 수 있으면 들어와다오.

[니시무라] 오케이.

준비 중에 컴퓨터만이라도 켜놓을까?

아아, 오래 있을 거라면 마우스와 키보드도 내 걸 갖고 갈까…….

머릿속에서 짐 리스트를 추가하면서 컴퓨터를 켰다.

평소대로 LA에 로그인하자—.

◆슈바인 : 늦어.

◆세테 : 얏호~!

◆아코 : 어서 오세요.

오, 다들 있네.

◆루시안 : 조금 바쁘니까 나는 읽기 전용으로 해둘게.

◆슈바인 : 아, 그래? 미안하네.

변함없이 츤츤거리면서도 미안하다고 생각되면 바로 사과하는 녀석이라니까.

◆애플리코트 : 그럼 시작하도록 하자. 먼저 현재 알아낸 이벤트 내용에 대해서다.

일단 여행용 가방을 꺼내고, 필요할 것 같은 물건을 채워 넣을까…….

힐끗 화면으로 눈을 돌리자, 니시무라 가(게임 속) 거실에서 마스터가 이야기를 하고 있었다.

◆애플리코트 : 해석반의 조사 결과에 따르면, 유저 홈 방어 시스템이 어느 정도 밝혀졌다.

◆애플리코트 : 이번 이벤트는 유저 홈에 몬스터가 습격하

는 이벤트다만, 그 습격 타이밍은 고정과 랜덤 두 종류가 있다더군.

◆슈바인 : 으음, 무슨 뜻이야?

◆애플리코트 : 낮 열두 시, 그리고 밤 아홉 시에 고정으로 발생하는 대규모 몬스터 웨이브 말고도, 랜덤으로 소규모 몬스터 웨이브가 발생해 습격한다는 모양이다.

◆세테 : 그럼 항상 집을 지키지 않으면 안 된다는 거야?

◆아코 : 자택 경비원인가요?

◆슈바인 : 진짜로 자택 경비원이네.

흐음, 작은 랜덤 습격과 커다란 고정 습격 두 종류가 있다는 건가?

이거 힘들겠는데…… 클리어할 수 있을까?

◆애플리코트 : 그걸 위해 생긴 것이 이 추가 설비다. 트랩이나 방어용 타워, 가디언 등을 설치해서 랜덤으로 발생하는 소규모 몬스터 웨이브로부터 집을 지키는 거지.

◆슈바인 : 그렇구나.

◆애플리코트 : 그리고 그걸 만들려면 재료와 돈이 든다.

과연, 인플레 대책인가.

몬스터에게서 무한하게 돈이 들어오는 이상, 시스템적으로 회수 수단을 마련하지 않으면 인플레가 멈추지 않으므로 어쩔 수 없기는 하지.

◆애플리코트 : 하지만 본래 이 이벤트는 인근 집과 협력해

서 클리어하는 것으로 보인다. 광역 공격을 쓰면 덮쳐오는 몬스터를 한꺼번에 휩쓸 수 있으니까. 습격 몬스터는 아이템도 경험치도 떨어뜨리지 않으니, 협력하는 게 자연스럽겠지.

여유가 있으면 옆집 방어에도 참가할 수 있고, 랜덤 웨이브라면 대신해서 지켜줄 수도 있다.

현재는 근처 집과의 교류가 적으니까, 그 대책이기도 한 건가.

◆루시안 : 근데 우리 집은…….

◆아코 : 이웃 같은 게 없는데요?

초(超) 변두리에 지어진 이 집은, 근처에 집 같은 게 한 채도 없다.

그렇다면 즉—.

◆슈바인 : 우리끼리 지킬 수밖에 없다는 거네…….

◆루시안 : 이게 무슨 일이야…….

◆세테 : 루시안, 바쁜 거 아니었어?

◆루시안 : 이런, 그랬었지.

이야기에 몰입해 있었다. 준비를 해야지.

◆애플리코트 : 그렇기 때문에 우리는 트랩 설치가 중요해진다. 그 트랩 말이다만—.

마스터는 채팅하면서 조작하고 있었는지, 퍼엉 소리와 함께 공중에 구름이 나타났다.

둥실둥실 떠 있으면서도 주변에 번개를 찌릿찌릿 내뿜는

어디서 많이 본 구름이다.

◆애플리코트 : 이건 내가 제작 가능한 라이트닝 클라우드다. 주변의 적들에게 자동적으로 번개를 쏘는 방어 장치다.

◆슈바인 : 사냥에 쓰고 싶네.

◆애플리코트 : 유감이지만 집 말고는 설치할 수 없지. 데려가면 편리하겠다만.

◆아코 : 이 그래픽은, 다크 클라우드의 색상 변환이죠?

◆슈바인 : 이런 이벤트에 신규 그래픽을 쓸 리가 없잖아.

◆아코 : 그건 그렇죠.

좋아. 갈아입을 옷은 이쯤이면 되겠지.

숙제도 조금 있었으니까 넣어두고 아코랑 같이 해야지.

◆애플리코트 : 이 클라우드 말이다만, 너희들의 제작 화면에는 표시되지 않을 거다.

◆세테 : 응, 없어.

◆아코 : 없어요.

◆애플리코트 : 그렇겠지. 그것도 당연하다. 이 방어 시설의 생산에는 생산 스킬이 아니라, 각 직업 스킬이 필요해진다. 이 클라우드의 생산 조건은 라이트닝 스피어다.

◆슈바인 : 직업 스킬이라…… 그럼 만드는 데 생산 스킬을 쓰지 않는다는 거야?

◆애플리코트 : 음…….

◆아코 : 잘 모르겠는데요.

◆세테 : 아, 알았다!

세테 씨의 머리 위에 전구가 번쩍 빛났다.

◆세테 : 나는 울프 가디언이라는 걸 만들 수 있는데, 이건 무땅을 부를 수 있어서 그런 거 아닐까?

◆애플리코트 : 바로 그거다!

◆아코 : 그럼 제가 만들 수 있게 된 치유의 샘이라는 건…….

◆애플리코트 : 힐 종류가 조건이겠지.

그렇다면 나는 뭘 만들 수 있는 걸까.

선 채로 마우스를 조작해서 확인해봤다.

◆루시안 : 오, 바리케이드는 전에 봤지만 그밖에도 빙결의 바람, 바닥없는 늪 같은 걸 만들 수 있네.

◆아코 : 루시안은 방어용 함정을 만들 수 있는 거네요.

◆루시안 : 탱커니까.

◆슈바인 : 그러니까 너 읽기 전용 아니었어?

◆루시안 : 그랬지 그랬지.

준비를 해야지.

아아, 목욕 타올이 필요할까? 각 가정에 따라서는 자기 전용 타올이 있기도 한다던데, 우리 집은 가족들이 다들 대충 쓰고 있으니까…….

뭐, 그럴 경우에는 아코의 것을 쓰면 되려나?

아, 맞다, 휴대전화 충전기를 잊어버리면 안 되지.

그것 말고는…… 뭐, 아코네 집에는 자주 가니까, 없으면 무조건 곤란한 건 생각이 나지 않는다.

◆애플리코트 : 다행히 우리는 직업이 나뉘어 있다. 제작할 수 있는 트랩이나 타워, 가디언도 각각 다르지. 방어시설을 잘 활용하면, 적은 멤버라도 방어가 가능할 거다.

◆슈바인 : 하지만 우리, 내일부터 이것저것 할 일이 있잖아. 준비할 시간 있어?

◆애플리코트 : 이런 퀘스트에선 초반에는 난이도가 낮고, 후반에 난이도가 높은 게 정석이다. 난이도가 올라갈 때까지 방어용 함정, 타워 제조와 설치를 끝내두면 될 거다.

◆아코 : 잘 부탁드립니다!

◆세테 : 그럼 각자 비어있는 날짜를 확인하고, 제대로 계획을 세우자!

그럼, 이 정도면 되려나?

한동안 돌아오지 않을 테니까 컴퓨터도 제대로 꺼놔야지.

◆루시안 : 미안, 이야기 도중이지만 끈다.

◆슈바인 : 오케이.

◆애플리코트 : 루시안에게는 자세한 이야기를 나중에 전해주마.

◆아코 : 그럼 나중에 봐요~.

그야 나중이겠지! 지금부터 거기로 갈 거니까!

◆루시안 : 그럼 간다.

채팅을 보내고 클라이언트를 종료했다.

컴퓨터 전원을 끄고, 마우스와 키보드를 조심스럽게 가방에 넣었다.

좋아, OK. 조금 무섭지만, 가볼까!

문을 열고 바깥으로 나가려던 순간—.

“우왓!”

“응?”

뭔가 있다 했더니, 방 앞에 미즈키가 있었다.

“왜 그래? 무슨 일 있어?”

“어…… 그게, 저녁밥은 어쩌나 해서.”

“아아, 맞다맞다.”

그랬다. 저녁밥 문제가 있었다.

우리는 부모님 모두 귀가가 늦은 날이 많아서 미즈키가 어렸을 때는 내가, 지금은 미즈키가 저녁밥을 만드는 날이 자주 있다. 특히 이런 휴일 전에는 미즈키가 만드는 날이 많다.

하지만 오늘은 아코가 만들어주니까, 나는 먹지 못한단 말이지.

“미안, 지금 바로 나갈 거야. 혹시 벌써 밥 만들었어?”

“아니, 괜찮아.”

미즈키는 황급히 고개를 내저었다.

“오늘은 엄마한테 뭔가 사와 달라고 하려고 했는데, 혹시 오빠가 배고프면 뭐라도 만들까 생각했어.”

“아니, 그건 걱정하지 않아도 되는데…… 혹시 준비를 했다면—."

"아무것도 준비하지 않았으니까 괜찮아."

"……그래?"

으음, 이건 거짓말이라고 오빠 센서가 반응하고 있는데…….

이미 만들었지만 내 신경을 써줘서 숨기고 있다거나— 그런 느낌은 아니다.

처음에는 정말로, 도시락이라도 사와 달라고 부탁하면 되겠지~ 라고 생각했겠지.

하지만 내가 골든 위크 동안에는 돌아오지 않는다고 들어서, 오늘 저녁밥 정도는 같이 먹기 위해 뭘 먹고 싶은지 물으러 왔다…… 그 정도일 거다. 이건.

"정말 미안."

"그러니까 아무것도 하지 않았다고. 사과해도 곤란한데?"

"그렇긴 하지만……."

우우, 여동생답게 무슨 생각을 하는지 알아버리니까 더더욱 죄악감이…….

돌아오면 같이 놀자, 미즈키.

"……근데 오빠, 이런 시간에 나가는 거야?"

"어?"

미즈키가 수상하다는 표정으로 물었다.

"보통은 내일 아침 정도에 집합 아니야?"

"아니, 그게, 뭐랄까……."

이런, 그랬다. 거짓말을 이유도 없이 알아채 버리는 건 남매 어느 쪽도 마찬가지였어!

"그게……, 밤부터 시작, 할 때도 있는 거야."

"정말로~?"

미즈키가 나를 빤히 응시했다.

이 말투는 대충 거짓말이라는 걸 눈치챘을 때의 그거다!

"그럼 바쁘니 이만, 다녀올게!"

"으음, 잘 갔다 와."

미묘한 표정으로 배웅해줬다.

위험해 위험해. 뭔가 거짓말을 하고 있다는 건 알아챘지만, 구체적으로는 모르는 거다.

미즈키가 주로 연락을 취하는 상대는 아코일 테니까, 얼버무리도록 말해놓자.

다른 곳에서 확인한다면…… 그때는 그때다!

아코네 집에서 합숙했을 뿐, 딱히 잘못된 건 아니니까. 응.

††† ††† †††

아코네 집은 자전거로 갈 수 있을 만한 거리지만, 합숙에 자전거를 타고 가는 것도 이상하니 어쩔 수 없이 전철을 타기로 했다. 무거운 짐을 짊어지고 역으로 향했다.

그렇지, 아코에게 연락해둘까? 지금 간다고.

[니시무라] 지금 간다.

[아코] 지금 돌아간다고 말해주세요!

[니시무라] 이제 곧 실례하도록 하겠습니다.

[아코] 남 일 같아요!

[아코] 휴일 정도는, 다녀왔다고 말해줘도 되잖아요.

[니시무라] 그럼 그쪽에 도착하면.

어쩔 수 없네, 정말이지.

[니시무라] 아, 일단 합숙이고 말해 놨으니까 잘 부탁해.

[아코] 네~.

뚜벅뚜벅 걸으면서 휴대전화를 조작했다.

이럴 때 대화를 할 수 있는 게 좋네.

[아코] 아, 루시안. 오늘 밤에는 부탁할 게 있는데요.

[니시무라] 뭔데?

[아코] 밤 시간에 지정한 택배가 온다고 해서, 대신 받아주실 수 있으세요?

[니시무라] 스스로 받으라고!

[아코] 집에 모르는 사람이 오면 무섭잖아요.

택배원 형은 무섭지 않습니다!

[니시무라] 그렇게 무리다 무리다 하면서도 평소에는 평범하게 받잖아.

[아코] 그렇지는 않거든요?

[니시무라] 그래? 왠지 무리라든가 안 된다고 말하면서, 실

은 괜찮은 거 꽤 있지 않아?

[아코] 예를 들어 어떤 건가요?

[니시무라] 글쎄다.

무리다 무리다~ 라고 말해놓고선 괜찮았네! 같은 경우도 있잖아, 라고 생각하면서 이야기를 시작해서…….

[니시무라] 이런 식으로, 온라인 게임에서 뭔가 무리라든가 못 온다고 말해놓고서 실은 올 수 있었다는 패턴 많잖아?

[아코] 자주 있죠.

[니시무라] 그치?

역시 있지? 알아주니 기쁘다.

[니시무라] 그렇다면 아코 너도 무리다 무리다 말하는 건 실은 예방선을 치고 있을 뿐이고, 실은 할 수 있는…….

[아코] 못해요오오오.

[니시무라] 못하냐…….

이해해줬다고 생각했는데, 그렇게 바로 부정할 건 없잖아.

그런 문자메시지를 치던 도중에 전철이 역에 도착했다.

나는 휴대전화 화면을 조작했다.

[니시무라] 역에 도착했어.

[아코] 그럼 슬슬 저녁밥을 만들고 있을게요~.

[니시무라] 잘 부탁드립니다.

[아코] 부탁 받았습니다.

[아코] 참고로 지금 재료로 카레, 하이라이스, 스튜를 만들

수 있는데, 어느 게 좋을까요?

[니시무라] 무난하게 카레?

[아코] 오늘은 스튜 기분이라 스튜로 할게요.

[니시무라] 딱히 상관은 없지만, 왜 일부러 물은 건데!

[아코] 에헤헤, 기다리고 있을게요~.

정말이지, 이 녀석은 변함없이 자유롭다니까.

역을 나선 나는 아직 익숙하지 않은 길을 걸어서 주택가를 빠져나와 한 단독주택에 도착했다.

아직 익숙하지 않은 깔끔한 열쇠를 들고 자물쇠를 철컥하고 열었다.

현관을 지나자, 타닥타닥 슬리퍼 소리가 들렸다.

"일찍 오셨네요~."

앞치마를 두른 아코가 거실에서 나왔다.

아코는 나를 보면서 행복한 듯이 헤벌쭉 웃었다.

"어서 오세요. 여보."

"……다녀왔어."

아, 이야기가 돌아왔다.

And you thought there is Never a girl online?

2장 "……다녀왔어."

"자자, 어서어서~ 천천히 쉬어주세요."

"딱히 지치지는 않았는데……."

교복 위에 앞치마를 걸친 아코에게 이끌려 거실로 들어왔다.

진짜 어머니도 아버지도 없는데, 나 여기 있어도 되나? 진짜로 묵는 거야?

"루시안!"

싱글벙글 웃는 아코가 빙글 돌아봤다.

"식사부터 하실래요? 목욕부터 하실래요? 아니면……."

아코는 우물쭈물 에이프런 옷자락을 잡고는, 부끄러운 듯이 나를 올려다보며 말했다.

"저, 부, 터?"

"……잠깐 묻고 싶은데."

왠지 선택지가 세 개 정도 거론되긴 했는데.

"방금 요리를 시작한 것 같던데, 밥이 나오긴 해?"

"아직인데요."

"목욕탕은?"

"물 받지 않았어요."

"……."

"저는 준비 오케이인데요!"

"밥을 부탁드립니다."

"네~!"

역시 농담이었는지, 아코는 순순히 부엌으로 돌아갔다.

곧바로 쉬익쉬익 하고 끓는 소리가 들리기 시작한 걸 보니, 분명히 요리 중이었던 것 같다.

정말이지, 뭐가 「저, 부, 터?」냐고…….

하지만 아코가 열심히 요리하는 모습을 보기만 하는 것도 좀 그렇고, 목욕탕 청소라도 해놓을까.

"그럼 나는 목욕탕 청소라도 할까……."

"네~, 도구는 목욕탕에 있으니까 부탁드려요~."

거실을 나와 욕실로 향했다.

그보다 나, 남의 집 목욕탕 위치를 알고 있다니 대체 어떻게 된 거야? 들어가 본 적도 없는데.

자, 해볼까? 우리 집보다 조금 넓은가? 그렇게 생각하며 목욕탕 청소를 시작했다.

그래도 애초에 깔끔해서 그다지 할 일이 없는 걸 보면, 아코의 어머니가 주부 일을 열심히 해왔다는 게 느껴졌다.

의외로 아코가 했다든가—.

"끝났어~."

거실로 돌아오자, 왠지 익숙한 냄새가 풍겼다. 오오, 좋은 향기!

"다 됐어요~."

마침 아코가 테이블에 카레를 옮기고 있었다.

"그렇구나, 오늘은 카레…… 어라?"

아니아니아니!

"아까 스튜를 만든다고 했었잖아!"

"카레여도 괜찮겠다는 기분이 들어서요."

"그럼 카레 만든다고 하면 됐잖아! 왜 페인트를 섞은 건데?!"

집에 오는 동안 스튜를 먹을 기분이 됐었다고!

카레를 먹는 입과 스튜를 먹는 입은 다르단 말이야!

"서프라이즈를 해볼까 해서~."

"확실히 그럭저럭 놀라긴 했지만!"

"대성고~옹!"

나를 몰래카메라 해서 어쩔 건데?!

"간단히 메뉴를 바꾸네."

"고기, 양파, 감자, 당근의 4인팟은 카레든 스튜든 하이라이스든 고기감자조림이든 만들 수 있는 만능팟이니까요."

"올라운더인 대신 특화형에는 못이길 것 같네."

"키마 카레[#1] 같은 건 만들지 못하니까요."

우리끼리는 통하고 있긴 하지만, 이 대화 괜찮은 건가…….

"그럼 어서 먹어요."

"그래. 잘 먹겠습니다."

#1 키마 카레(keema curry) 다진 고기를 이용해 만든 카레.

"잘 먹겠습니다~."

뜨거운 카레를 한 술 떠서 입에 넣었다. 우물우물…….

"오오, 맛있어!"

"정말인가요?"

역시 신부이니 뭐니 하는 만큼, 제대로 맛있다.

"응, STR이 오를 것 같아."

"STR이요?"

"카레니까."

아코라면 단맛으로 공격해 올 거라 생각했는데, 제대로 맵다.

매운맛으로 근력이 오를 것 같았다.

"맛있어, 맛있어~."

"어떤 식으로 맛있나요?"

"오오, 치고 들어오는데?"

"가끔은 물어보려고요."

그런 두근두근한 표정을 지어도 재미있는 대답은 안 나오거든?

어디 보자, 어떻게 맛있느냐 하면—.

"미즈키한테 들었을 거라 생각하는데, 나도 딱히 요리를 못하는 건 아니야."

"네. 오빠가 밥을 만들어줬다고 들을 때마다 분하고 괘씸하다고 생각했어요."

"으, 응, 이번 연휴 동안에 만들어줄게."

그 이야기는 넘어가고…….

"그러니까 나도 카레 정도는 만들려면 만들 수 있어. 하지만 나는 그게, 남자가 적당히 만드는 요리니까 무척 조잡하단 말이지."

결과적으로 카레가 되면 OK, 고기를 볶고 채소를 넣어서 두둥! 같은—.

"그에 비하면, 이 아코가 만든 카레는 엄청 세밀하고 정성스럽게 만들었다는 걸 맛으로 알 수 있어. 나를 위해 열심히 만들어준 거구나, 하고."

마지막으로 카레맛이 나면 오케이겠지, 같은 요리와는 전혀 다르니까.

"그러니까 맛있고, 기뻐. 고맙다."

"……."

내 말에 아코는 아무 말이 없었다.

"뭐라 말 좀 해봐. 모처럼 감상을 말해줬는데."

힐끔 얼굴을 보자—.

"~~~!"

얼굴이 빨개!

"물어놓고 쑥스러운 거냐!"

"그치만, 제대로 대답해줄 줄은 몰랐다고요!"

"어째서? 맛있으니까 제대로 대답한 건데."

"……에헤헤."

조금 진정된 건지, 아코는 카레를 먹는 나를 빤히 바라봤다.

"부끄러우니까 그렇게 흐뭇하게 보지 마."

"먹어주는구나~ 해서요."

"평소에도 도시락 같은 거 받고 있잖아."

"갓 만든 저녁밥은, 역시 다르잖아요."

맛있는 걸 대접받고 있는 건 이쪽인데, 오히려 아코가 더 행복해 보이는 표정인걸? 내가 먹고 있는 게 그렇게 기쁜 건가?

"오늘도 맛있고, 평소 주는 도시락도 맛있고, 고맙다."

"아내라면 당연한 일이잖아요!"

"부정하는 게 미안해지는 상황에서 말하는 건 그만 둬 줄래?"

여기서 부부 아니거든? 이라고 말하면 미안한 기분이 들잖아.

조금 쑥스러운, 하지만 평온한 기분으로 둘이서 카레를 먹었다.

정말로 부부 같은 분위기가 흐르고 있는 것 같았다.

"아, 맞아요! 자, 아~앙, 같은 것 해봐요!"

"……."

이 녀석, 또 뭐라 말을 꺼냈어.

"……다 망했어."

"에엑?!"

"모처럼 좋은 분위기라고 생각했는데!"

"그래서 이러는 거잖아요!"

아코는 똑바로 숟가락을 내밀며 말했다.

"지금이야말로 부부다운 일을 해보죠!"

"그런 표면적인 행동에 의지하지 않아도 될 것 같은데—."

"자요! 여기!"

"알았어, 알았어."

만들어준 거기도 하고, 보고 있는 사람도 없고…….

부끄럽긴 하지만 몸을 내밀었다.

"아~앙!"

"아~앙……."

뜨거운 김이 올라오는 카레를 입에 우물우물 넣었다.

"음, 맛있……는데?"

"왜 그러세요?"

"아니……."

맛있긴 하지만, 왠지 내 것과 맛이 다르다. 조금 달콤하다고나 할까, 마일드하다고나 할까.

아코, 자기 카레는 조금 달게 만들었나?

"아코는 매운 거 싫어해?"

"그렇지는 않은데요."

"어라?"

그럼 왜 이건 미묘하게 차이가 있는 거지?

으음, 맛이 변하는 요인으로 뭐가 있을까…….

"……응?"

고민에 빠진 나를 보던 아코가 손에 든 숟가락으로 카레를 떠서 입으로 옮기려 했다.

"앗!"

그렇군. 그렇게 된 거였나!

젓가락이나 손으로 아~앙 하는 건 몰라도, 숟가락은 대놓고 입 안으로 들어가는 거니까—.

"……."

"왜 아래를 보는 건가요?"

"묻지 말아줘."

"네?"

아코는 우물우물 하고 숟가락을 입에 넣었다.

"앗…… 루시안의 맛이—."

"그만둬어어어어!"

"잘 먹었습니다."

"습니다~."

둘이서 손을 짝 맞댔다.

맛있었지만, 여러모로 정신이 깎였다…… 매번 이래야 하나…….

"설거지하고 있을 테니까 먼저 목욕탕에 들어가세요."

"그 정도는 내가 할게."

만들어줬는데 정리까지 시킬 수는 없지.

"하지만 식기를 어디에 넣는지 아시나요?"

"모릅니다, 알려주시죠."

"제가 할 테니까 괜찮아요."

내가 한다니까, 라고 말하고 싶었지만.

"제가 어엿하게 아내 역할을 할 수 있다는 걸, 루시안에게 보여주지 않으면 안 되니까요!"

"아내 역할을 할 수 있는 아이는, 혼자 있더라도 방구석에 틀어박히지 않거든?"

"루시안이 돌아올 거라 생각하면 제대로 할 수 있어요."

매일 돌아오지 않으면 안 되는 건가. 단신부임#2 같은 건 못하는 건가.

"그래도 도와주는 것 정도는……."

"괜찮아요."

오, 오오우……. 웃고 있지만, 왠지 뭐랄까, 단호한 의지가 느껴지는데—.

"그럼 오늘은 단념하겠지만, 내일은 내가 할 거야."

"할 수 있다면 어디 해보시죠!"

뭐야, 그 의기양양한 얼굴은? 이건 대체 무슨 싸움인데?

#2 단신부임(單身赴任) 직장인이 전근 갈 때 가족은 집에 그대로 머물게 하고 남편 혼자 지방근무지로 부임해가는 것을 말한다.

"그럼 먼저 목욕탕 들어간다."

"네~."

아코의 배웅을 받으며 거실을 나왔다.

하지만 남의 집에서 제일 먼저 목욕을 하다니 오히려 거북한데……?

어느새 준비했는지 타올도 제대로 놓여있고…… 대접이 좋아서 반대로 조금 진정이 안 된다.

응. 빨리 들어가서 빨리 나오자.

드르륵, 하고 욕실 바깥의 세면실 여닫이문이 열리는 소리가 났다.

"루시안, 탕 온도는 어떤가요~."

"딱 좋아…… 그보다 욕조에 물 넣은 거 나거든?!"

"그랬었죠!"

아코가 온 모양이다. 조금 흐릿한 목소리가 들렸다.

무슨 일이지? 하고 불투명 유리 너머를 보자, 작게 옷깃 스치는 소리가 들리기 시작했다.

그리고 뭔가 벗고 있는 그림자가 움직이고 있는데…… 저 녀석 뭐하는 거야?!

"아코?! 뭐하는 거야?!"

"저도 들어갈게요."

"어째서?!"

"먼저 들어가라고 했잖아요."

"그건 목욕 순서 이야기 아니었냐?!"

나중에 들어온다는 의미였어?! 그건 생각하지 않았는데!

"네 어머니하고 약속했으니까 그런 건 안 돼! 방에서 기다리고 있어!"

"그럴 수가, 너무해요!"

불투명 유리 너머에서 아코가 까앙 하고 쇼크를 받았다.

보이지 않는 위치에 있는데 일부러 움직이다니, 일일이 세심하다니까.

"그런 소리 하시지만, 사실은 저도 들어가도 되죠?"

"안 됩니다."

"그럴 수가, 너무해요!"

아코가 또 까앙 하고 쇼크를 받았다.

"……저도 들어가도 되죠?"

"안 된다니까."

"그럴 수가, 너무해요!"

"악질적인 무한 루프는 그만둬!"

머릿속 게임 사고가, 자동적으로 「예」라는 선택지를 고르고 싶어지잖아!

"우우, 그럼 루시안, 여기서는 대화로 결정하죠."

"뭘 대화하자는 건데."

"예를 들어서 말이죠, 루시안의 눈을 가리고 들어가면, 보이지 않으니까 괜찮지 않을까요?"

"무섭거든?"

눈을 가리고, 아코한테 당하기만 하다니…… 나는 대체 어떻게 되는 건데?!

"그럼 반대로 제 눈을 가린다면—."

"그건 내가 무리야."

눈가리개를 한 알몸의 아코를 눈앞에 두고 냉정하게 있을 정도로 남자를 버리지는 않았거든?!

"그럼 어쩔 수 없네요. 적어도 루시안의 등을 밀어주는 것 정도는 안 될까요?"

"……아코가 옷을 입고 있다면."

"해냈다!"

불투명 유리 너머에서 아코가 승리의 포즈를 취했다.

이게 그렇게 기쁜 건가?

"……네. 제대로 입었으니까 들어가도 되나요?"

잠깐 기다려.

허리에 타올을 두르고…… 괜찮겠지? 아무것도 안 보이니까.

"들어와."

"실례합니다~."

욕실 문이 열리고, 교복에 앞치마를 두른 아코가 들어왔다.

뜨거운 공기가 달아나고, 몸에 조금 차가운 공기가 닿았다.

"아아, 정말로 우리 집 목욕탕에 루시안이~!"

"이 상황에서 내가 없으면 호러잖아."

"우후후후후, 후히히히히!"

"아코가 직접 호러처럼 구는 것도 그만 둬."

던전 보스가 즉사용 필살기를 쓰기 전에 내는 웃음소리 같잖아.

"그럼 등을 밀게요~."

"……잘 부탁드립니다."

긴장하는 나와는 반대로, 아코는 꽤나 기분 좋은 듯이 스펀지를 손에 들었다.

"그거 쓰는 거야?"

"루시안은 이쪽인가요?"

"그래그래, 거기 거친 타올."

"이걸 쓰는 건 아빠뿐이라고 생각하는데요."

"평소에 스펀지로 씻는 거냐."

"뭣하면 손으로요."

"손은 사양할게."

손으로 몸을 씻다니, 무척이나 특수한 플레이잖아. 누가 그런 짓을 하냐고.

"루시안도 이게 더 부드러울 텐데요?"

"내 몸을 살필 필요는 딱히 없는데…… 그냥 아코한테 맡길게."

이제 마음대로 해주시죠.

"그럼 이걸로!"

아코가 뒤에서 몸을 내밀며 스펀지에 온수를 뿌렸다.

긴 머리카락이 내 등을 살며시 어루만져서 몸이 움찔 떨렸다. 간지러운 듯도 하고, 기분 좋은 듯도 하고…….

"그럼 실례합니다~."

"그래."

아코가 쥔 스펀지가 살며시 등을 건드렸다.

그대로 슬쩍슬쩍 움직였다.

"간지러워!"

"조금 더 힘을 줄까요?"

이번에는 벅벅 닦는 정도로 문질렀다.

응, 이쪽은 기분 좋다.

남이 씻겨주는 건 오랜만인데, 마음이 진정되네…….

"아, 기분 좋아 보이네요!"

"옆에서 엿보지 말아줄래?"

부끄러우니까.

"오히려 아코 넌 이런 일 하면서 즐거워?"

같이 목욕이라든가 등을 씻어준다든가, 부부끼리도 그리 자주 하지는 않거든?

"그치만 부부라면 같이 들어가잖아요."

어라? 그런가?

"내가 아는 부부는 같이 목욕탕에 들어가거나 그러지 않는데……?"

"우리 부모님은 시간만 있으면 같이 들어가는데요?"

"으응?"

"네?"

두 사람 모두 컬처 쇼크를 받았다. 그런 집도 있구나.

"가정환경의 차이네요."

"어느 쪽이 특수한지는 모르겠지만."

그런데 타마키 씨네 집, 부모님의 사이가 너무 좋지 않나요?

"이렇게 의식의 차이는 있지만, 그러니까 기쁜 거예요~."

아코가 원을 그리듯이 내 등을 씻어주며 말했다.

"기쁘다니 뭐가?"

"저희만 해도, 노는 방식이라든가 싸우는 방식이라든가, 차이점이 무척 많잖아요. 그래도 제대로 이야기를 나누면서 사이좋게 지내고 있으니까요."

"은근히 밸런스가 맞으니까."

"네."

아코는 어깨 부근에서 스펀지를 움직이던 손을 멈췄다.

"이렇게 현실에서 부부 생활을 시작해도, 역시 생각이 다를 때도 있겠지만……. 그래도 제대로 이야기를 나눠서, 두 사람 모두 즐겁다고 생각하도록 지낼 수 있다니……."

"그게 기쁜 거냐."

"네."

확실히 우리는 그렇게 타협점을 찾으면서 즐겨왔다.

목욕탕에 같이 들어가는 건 안 되지만, 등을 밀어주는 것 정도는 괜찮다— 그런 느낌으로, 서로 납득하게끔 이야기를 나눴다.

그래, 정말로 결혼한다면, 이렇게 서로의 차이를 받아들이면서 살아가면 좋겠네.

결혼한다면, 이지만.

“그보다 만약 진짜로 결혼하면, 같이 들어가는 것 정도는 문제없을 거라 생각하는데.”

“그럼 들어가죠!”

“결혼하지 않았잖아?!”

“했잖아요오.”

아무리 시간이 지나도 서로 타협하지 못하는 건, 현실에선 결혼 안했잖아, 현실에서도 부부에요, 라는 것 정도인가…….

“그런데 아코?”

“네에?”

아코는 여전히 벅벅 등을 문지르고 있다.

“이제 등을 밀어주는 건 충분하지 않을까?”

“에이, 조금 더 하고 싶은데요~.”

“등만 계속 밀고 있어서 왠지 진정이 안 된다고!”

“그럼 전신을! 전신을 밀어드릴게요!”

이야기의 성과는 어디로 갔어!

“그렇게 조바심 내지 않더라도, 아직 연휴는 기니까 둘이서 놀 시간은 있잖아. 이후에는 집도 지켜야 하니까…….”

어라?

거기까지 말하고 깨달았다.

“잠깐 기다려봐. 유저 홈 방어 이벤트는 몇 시부터였더라?”

“오늘 밤 아홉 시부터인데요?”

어어, 일곱 시 정도부터 느긋하게 밥을 먹기 시작해서, 여러모로 이야기를 하며 한 시간 정도 먹고…… 그리고 여덟 시 정도부터 목욕탕에 들어와서, 이렇게 왁자지껄 보내고 있으니까…….

“……벌써 시간이 없잖아!”

“앗!”

“놀고 있을 때가 아니었어! 서둘러 나갈 테니까, 아코도 교대해서 들어와!”

“네!”

아코가 허둥지둥 나갔다.

위험해 위험해. 메인 목적을 잊고 있었어!

서둘러서 몸을 씻고 밖으로 나오자—.

“교대할게요!”

“우와아아아앗!”

몸에 타올을 두르고 있는 아코가 서 있었다!

“너 뭐하는 거야?!”

“시간이 없어서 대기하고 있었어요!”

"적어도 밖에서 기다려! 에잇, 당장 들어가!"

"네~."

타올을 둘러도 부드럽게 느껴지는 아코의 등을 밀어서 목욕탕에 보냈다.

아아, 이벤트 시작하기 전부터 지치잖아!

아코 방에 노트북을 준비하고, 집에서 가져온 마우스와 키보드를 연결해서 겨우 로그인했더니 벌써 슈바인이 로그인해서 기다리고 있었다.

◆슈바인 : 늦어!

처음부터 세가와 상태의 슈바인이다.

우리가 좀처럼 오지 않아서 당황했던 거겠지. 면목 없네.

◆루시안 : 미안미안, 바로 준비할게.

◆슈바인 : 아코는?

◆루시안 : 조만간 올 거라 생각해.

그렇게 문장을 친 직후—.

"오래 기다리셨죠!"

"빨라?!"

잠옷을 입은 아코가 방에 뛰어들었다.

머리를 타올로 감싸서 그야말로 목욕탕에서 막 나왔다는 느낌이지만, 너무 빠르잖아!

정말로 목욕탕에 들어가긴 했어?! 몸은 씻었어?!

"머리카락이 그대로 젖어있는데, 감기 걸리지 않겠어?"

"갑자기 말리면 안 되니까, 한동안 타올로 수분을 흡수하는 거예요."

"그런 건가?"

"아무리 말려도 끝나지 않거든요."

"긴 머리카락도 고생이네."

"루시안은 긴 머리와 짧은 머리, 어느 쪽이 좋나요?"

"짧은 머리 아코도 보고 싶긴 하지만, 돌려놓는데 시간이 걸리니까."

"나중에 위그 같은 거라도 찾아볼까요?"

위그라니 가발 같은 거였던가. 그건 보고 싶네.

그렇게 이야기하는 사이에 아코가 로그인해서 집 앞에 나타났다.

◆슈바인 : 오너가 아슬아슬할 때 왔네.

◆아코 : 죄송해요오.

"오늘은 이렇게 셋뿐인가?"

"네. 첫날은 슈 말고는 다들 바쁘다고 해서요."

내일 아침 일찍 나가는 건가. 큰일이네.

우리 셋만으로 지켜야겠군.

◆슈바인 : 솔직히 잘 모르겠는데, 이거 어떻게 해야 하는 거야?

◆루시안 : 어떻게 해야 할까…….

나도 잘 모르겠단 말이지.

적 습격 퀘스트는 전에도 몇 번 했었지만, 집을 지키거나 함정을 깔거나 그런 건 미경험이니까.

◆슈바인 : 너희가 오기 전에 몇 가지 트랩은 만들어봤는데.

◆루시안 : 어떤 거?

◆슈바인 : 나는 평범한 공격용 트랩을 만들 수 있는 것 같아. 바닥에서 가시가 튀어나오는 거라든가.

슈가 바닥 한쪽을 향해 걸어갔다.

그곳은 지면에 구멍이 몇 군데 뚫려 있는, 왠지 이상한 공간이 되어 있었다.

◆아코 : 거기서 가시가 나오는 건가요?

◆루시안 : 평범하게 생각해서, 그런 그로테스크한 함정에 걸렸다간 죽겠네.

◆아코 : 그럴 거라 생각하지만…….

밟으면 죽는 함정을 왕창 설치한다면, 아무리 적이 와도 안심이긴 한데…….

◆루시안 : 그럼 그걸 하나 설치해볼까?

◆슈바인 : 소재가 그다지 없으니까, 일단 다섯 개 정도?

정원에 펑펑펑 하고 가시 함정을 다섯 개 정도 설치했다.

자, 슬슬 시작할 시간인가?

▶홈 습격 이벤트 황금의 휴일을 시작합니다.◀

공지가 떴다!

◆슈바인 : 자, 시작됐어!

◆루시안 : 이벤트 스타트다!

개시 신호와 동시에 집 주변이 부와앙! 하고 빛났다.

그리고 철컹! 하는 커다란 소리가 났다.

◆아코 : 이게 뭐죠?!

◆슈바인 : 울타리 같은데?

◆루시안 : 울타리네.

뭔가 했더니만, 집을 둘러싸듯이 울타리가 생겼다.

원래 정원이었던 주변을 깔끔하게 커버하는 사이즈다.

◆루시안 : 방어에 쓰는 건가?

◆슈바인 : 그럴지도 모르겠네.

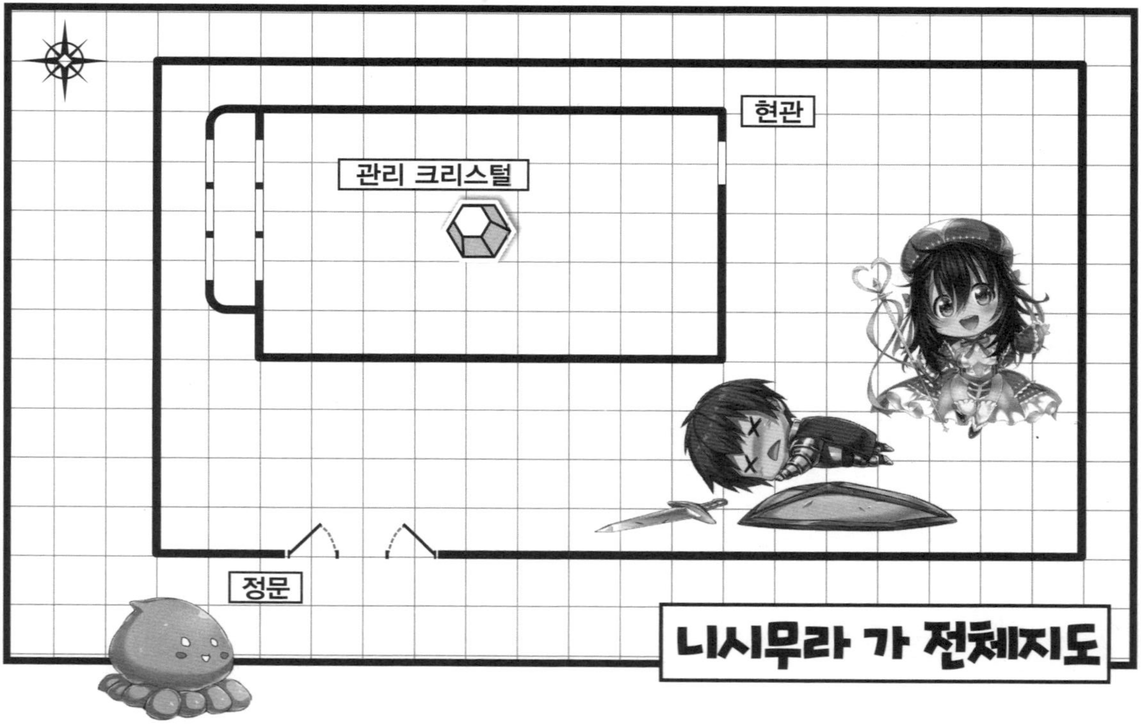
현관
관리 크리스털
정문
니시무라 가 전체지도

화면 오른쪽 하단에 제1몬스터 웨이브 스타트! 라는 팝업이 떴다.

마침내 적이 오는 건가!

◆루시안 : 자, 뭐든지 와라!

◆슈바인 : 뭐든 간에, 이 드래곤 나이트가 된 슈바인 님에게 맡겨두라고!

◆아코 : 두근두근하네요!

기다리던 우리 앞에 나타난 몬스터, 그것은—!

포와~!

포와와~!

포와~?

◆슈바인 : ……포와링이네.

◆루시안 : 뭐, 제1진이니까…….

처음부터 강한 몬스터만 나올 리가 없으니, 이럴 줄 알았다.

느닷없이 파멸의 기사 대군이 몰려오기라도 하면 바로 이벤트 실패할 테니까.

◆아코 : 하지만 숫자는 많네요.

◆슈바인 : 그러네.

화면에 보이는 것만 해도 30마리 정도 되는 포와링 군단이 니시무라 가에 몰려오고 있었다.

보통은 포와링 섬 말고는 좀처럼 보지 못하는 숫자다.

"왠지 귀엽네요."

"전부 쓰러뜨려야 하는데."

내버려두면 집을 부수러 오니까.

◆루시안 : 아무튼 일단 어그로 잡을까?

포와링 군단 한가운데로 이동해서 우오오! 하고 외쳐봤다.

그러나—.

◆루시안 : 어라? 노 이펙트라는데?

◆아코 : 안 통하는 건가요?

적은 샤우트를 하는 루시안을 무시하고 점점 집을 향해 나아갔다.

◆슈바인 : 원래부터 어그로 수치가 존재하지 않는 것 같네.

◆루시안 : 우선 타깃만 따면 지킬 수 있는 건 아니라는 건가?

◆슈바인 : 그렇게 간단하지는 않다는 건가. 귀찮네.

그런 말과는 대조적으로, 슈는 마음껏 썰어버릴 수 있겠다며 즐거워하고 있었다.

◆슈바인 : 하지만 이 정도라면 나 혼자라도 충분하니까, 마구 찢어주겠어!

◆루시안 : 그러네.

◆아코 : 아, 기다려주세요!

아코가 저요 하고 손을 들었다.

◆아코 : 약한 포와링으로, 몬스터가 어떤 루트로 덮쳐오는지 확인하는 편이 좋지 않을까요?

◆루시안 : 확실히~.

◆슈바인 : 좋은 말을 했네.

아코의 말이 맞다. 뭐든 쓰러뜨리면 다 되는 게 아니었지.

둘이서 음음 하고 고개를 끄덕였다.

◆슈바인 : 그럼 잠시 지켜볼까?

◆루시안 : 그럼 나는 바리케이드 같은 거 만들어둘게.

제작화면에서 바리케이드를 선택했다.

으~음, 나무 소재가 꽤 필요하네.

뚝딱뚝딱 만들고 있는 사이에도 포와링이 포왕포왕 하고 다가온다 다가와~.

아무래도 집 주변을 둘러싸는 울타리를 넘지는 못하는지, 울타리를 따라서 빙글 돌아 정면에 있는 문을 통해 정원으로 들어오는 모양이다.

◆슈바인 : 반드시 저곳에서 들어오는 것 같네.

◆루시안 : 사방팔방에서 오는 건 아닌 건가? 그러면 난이도가 너무 높으니까 일부러 주변에 울타리를 만든 걸지도 몰라.

◆아코 : ……평범한 집은 이웃이 있을 테니까, 표적이 되는 몬스터를 알 수 있도록 한 것 아닐까요?

◆루시안 : 과연…….

시골뜨기인 우리하고는 상관없는 이야기였다.

◆슈바인 : 즉, 입구에서 오는 거지? 그럼 루시안이 만든 바리케이드로 정원에 들어서지 못하게 하면 되지 않을까?

◆루시안 : 해볼까?

막 들어온 포와링을 포와왕! 하게 쓰러뜨리고, 입구 문을 막도록 바리케이드를 설치했다. 가구, 방벽 분류에서 바리케이드를 선택해서 확정 클릭!

두두둥! 문 앞에 커다란 벽이 나타나서 포와링의 앞길이 막혔다.

포왓?

포와왓?!

포와링은 조금 곤혹스러워한 뒤에—.

포와~!

포와와~!

◆아코 : 아아아아, 집 울타리를 두드리고 있어요! 내구도가……!

◆루시안 : 실수했어! 루트가 없어지면 집을 부수려고 하는 건가!

◆슈바인 : 바리케이드 치워! 빨리!

황급히 철거하자, 다시 포왕포왕 하고 정원으로 들어왔다.

그렇구나, 루트가 있으면 그대로 루트를 따라 집으로 들어오지만, 지나가지 못하게 되면 근처 벽을 부수기 시작하는 건가? 위험할 뻔했다.

◆아코 : 고칠게요~.

◆슈바인 : 재료 같은 게 필요해?

◆아코 : 고치기 위한 시설을 만들 수 있어요.

아코가 키보드 버튼을 꾹 눌렀다.

그러자 집 건물 앞에 새 둥지 같은 오브젝트가 나타났다.

그곳에서 요정이 나와 울타리를 뚝딱뚝딱 고치기 시작했다. 이거 귀엽네.

"힐러가 만들 수 있는 건조물인 건가?"

"맞아요. 빌드 페어리라고 하더라고요."

힐러인 아코는 집의 내구도를 회복시키는 요정을 부를 수 있는 거군.

역시 직업에 따라 다르구나.

◆아코 : 근처 시설의 내구도를 계속 회복해주는 모양이에요.

◆루시안 : 함정을 놓을 곳에 왕창 놓아둘까?

◆슈바인 : 함정을 부수는 적도 있을지 몰라.

하지만 지금 포와링은 뭐든 무시하고 전진하고 있을 뿐이다.

◆슈바인 : 지금은 아무튼 정찰이네.

◆아코 : 귀엽네요.

그러니까 이 녀석들은 적이라고.

포와링은 포왕포왕~ 하며 정원 안으로 들어왔다. 다들 정문은 통과했지만, 거기서부터는 현관을 향해 각각 다른 루트로 전진하는 모양이다.

"오, 선두 한 마리가 가시 함정까지 왔어."

"어떻게 될까요?"

포와링은 포왕 뛰면서 함정 위로 올라왔고―.

철커엉!

포와아아아아아아!

◆루시안 : 오, 오오…… 죽었어…….

◆아코 : 불쌍하네요.

불쌍할 정도로 즉사였다.

상대가 잔챙이이긴 하지만, 평범하게 통하는구나. 트랩.

◆슈바인 : 잠깐 기다려, 다음 녀석은 태연하게 함정을 넘어가버렸는데?

◆루시안 : 연속으로 발동하지는 않는 건가…… 함정에도 쿨타임이 있구나.

◆슈바인 : 꽤 기네. 포와링이 점점 함정 위를 통과하고 있잖아.

선두 한 마리를 쓰러뜨렸을 뿐, 대부분의 포와링은 그냥 지나가는 상태였다.

"그래도 다음 가시가 있으니까요."

"확실히 다음 가시도 제대로 발동하겠지만……."

그것도 분명—.

철커엉!

포와아아아아아!

아아, 역시, 선두 한 마리만 쓰러뜨린 스파이크 트랩은 쿨타임에 들어갔다.

다시 포와링이 함정 위를 무시한 채 정원을 나아갔다.

두 마리가 쓰러졌을 뿐 나머지는 그냥 지나갔다.

◆슈바인 : 이거 틀린 거 아냐?

◆루시안 : 빡센데?

◆아코 : 의미가 없네요.

함정의 숫자만큼밖에 적을 쓰러뜨리지 못하면 1회용 같은 셈이잖아.

"오, 그래도 또 가시가 나왔어."

쿨타임이 끝났는지, 처음 함정에서 다시 철커엉! 하고 가시가 튀어나왔다.

이번에는 함정 위에 있던 다수의 포와링이 포와아아~! 하고 단말마를 질렀다.

◆아코 : 조금 지나면 쓸 수 있네요.

◆슈바인 : 일단 광역 공격이네.

◆루시안 : 타이밍 좋게 위에 엄청 모여 있어준다면 효과적이겠지만.

◆슈바인 : 매번 선두 한 마리에게 발동해버리잖아.

◆아코 : 어쩔까요? 좀 더 많이 만들까요?

◆슈바인 : 그 정도의 소재는 없어.

함정은 의외로 소재가 엄청 필요하니까.

바리케이드조차도 꽤나 버거웠다. 지금 가진 소재로는 이제 하나밖에 만들 수 없어.

함정을 시험해보는 사이에도 포와링 군단은 정원을 지나

서 현관 앞까지 도달해 포왕포왕 하고 문을 공격하기 시작했다.

◆슈바인 : 란란~.

그래서 슈가 램페로 빙글 돌아서 섬멸했다.

최약 몬스터 따위는 드래곤 나이트의 적이 아닙니다.

◆슈바인 : 목적지는 집 안 같네.

◆루시안 : 현관을 돌파당하면 패배인가?

◆슈바인 : 관리 크리스털일지도 몰라.

◆루시안 : 그건가…….

1층 중앙에 놓인 관리 크리스털.

그게 부서진 적은 없지만, 만약 쓰지 못하게 되면 집에 관련된 조작을 거의 하지 못하게 될 것이다. 함정도 놓지 못하게 될 테니, 거기서 게임 오버겠네.

◆아코 : 이거 어떻게 지키면 될까요? 함정으로는 어렵나요?

◆루시안 : 가시 함정만 미묘할지도 몰라. 그 밖에도 함정은 많이 있으니까.

◆슈바인 : 확실히 여러 가지 있었어. 뭔가 고대 문명의 비밀병기 파츠 A 같은 것도 있었고.

운영진은 대체 뭘 만들게 시킬 셈이야?

◆슈바인 : 신경 쓰이는 건 이 롤링 블레이드라는 함정이네.

◆아코 : 만들 수 있나요?

◆슈바인 : 두세 개 정도라면.

뚝딱뚝딱 두드려서 펑 하고 설치된 롤링 블레이드.

선풍기 날개 부분이 칼날이 되어 지면과 평행하게 돌고 있는, 그런 느낌의 함정이었다.

요컨대 꽤나 잔혹하다.

◆아코 : 우와아…….

◆슈바인 : 잔혹한 형태네.

◆루시안 : 오, 새로 온 포와링이 근처에 왔어!

서걱서걱서걱서걱!

포와와~!

◆루시안 : 갈기갈기 찢어졌는데……?

◆아코 : 불쌍해요.

◆슈바인 : 적이니까 어쩔 수 없잖아.

지당한 말씀입니다.

"그럼 나도 뭔가 놔둘까?"

"바리케이드 말고 어떤 게 있는데요?"

"글쎄. 만들 수 있는 것들 중에서 재미있는 건……."

바닥없는 늪 함정— 왠지 매력적으로 보이는데?

잠깐 만들어볼까? 뚝딱뚝딱 끈적끈적끈적.

"뭐야, 이 효과음?!"

"늪이니까요."

효과음까지 늪으로 하지 않아도 되는데?!

◆루시안 : 나도 바닥없는 늪 함정을 만들었으니까 설치한다.

◆슈바인 : 어떤 느낌일까?

◆아코 : 늪이잖아요?

포와링의 진로상에 툭 설치해봤다.

끈적끈적하고 질퍽질퍽한 늪이 실체화했다.

포왓?!

포와~!

갑자기 나타난 늪에 발이 묶인 포와링이 버둥거리며 나아가지 못했다.

흠흠, 둔화 효과가 있는 모양이군.

◆슈바인 : 겹쳐서 놔볼까?

슈가 다가가서 뭔가를 설치했다.

그러자 늪 위로 철구가 휘융~ 하고 떨어졌다.

콰앙! 포와와~!!

"우와!"

"아파 보이네요."

끈적끈적, 콰아~앙! 포와~!

끈적끈적, 콰아~앙! 포와와~!

"포와링만을 죽이는 기계냐!"

"이건 너무하네요."

보통이라면 쿨타임 사이에 함정 위를 지나갈 텐데, 늪에 발이 묶이는 바람에 함정이 재가동해서 계속 죽어갔다. 이건 포와링으로는 빠져나갈 수 없겠네.

◆슈바인 : 그렇구나. 함정은 단독이 아니라 조합하는 게 좋겠어.

◆루시안 : 발을 느리게 하면 함정에 걸리기 쉬워지니까.

이 일시정지 효과가 있는 눈보라 벽이라는 것도 좋겠는데?

◆슈바인 : 그렇다면 콤보를 생각하지 않고 대충 깔아놓으면 안 되는 걸까?

◆루시안 : 정원 안에서는 정해진 루트가 아니라 현관을 향해 대충 나아가는 것 같으니까, 함정 설치 장소도 생각해야겠네.

◆슈바인 : 포인트는 문이네. 정원하고 바깥 사이에 있는 정문은 모든 적이 지나가는 곳이니까, 여기에 화력을 집중시키자.

◆루시안 : 화력을 집중하라는 게 세가와 네가 좋아할 것 같은 발상이네.

시작하자마자 빵 터지는 걸 좋아할 것 같고.

그런 느낌으로 포와링을 함정에 빠뜨리며 놀고 있는데, 『웨이브 클리어!』라는 표시가 떴다.

◆아코 : 첫 웨이브가 끝났어요.

◆루시안 : 빨라!

◆슈바인 : 쉬워!

"아직 첫 번째니까요."

"지금부터 난이도가 올라가는 걸까?"

먼저 시험 삼아 시스템을 체험하게 하고, 다음부터 진짜 일까?

◆슈바인 : 한동안 적은 오지 않을 테니까, 조금 더 방어 방법을 생각해보자.

◆루시안 : 그러자. 일단 슈의 제안을 채용해서…….

슈바인 개막 격추 존
여기서 지킨다!
롤링 블레이드
스파이크 트랩
철구
바닥없는 늪&눈보라
세가와 씨의 방어 사상

◆슈바인 : 방어안으로서는 이 정도네.

◆루시안: 이미지는 정해졌네.

세가와의 방어안을 채용하는 형태로 계획을 세워봤다.

반드시 적이 지나가는 정문 입구에 발이 느려지는 바닥없는 늪과 눈보라를 마구 설치했다.

그에 겹쳐서 롤링 블레이드, 스파이크 트랩, 철구 함정을 집중설치해서 여기서 확실히 적을 요격하는 플랜이다.

이름하야 슈바인 개막 격추 존(zone).

◆아코 : 이걸로 끈적, 휘잉휘잉, 썩둑, 철컹철컹, 콰앙! 이네요.

◆루시안 : 의성어로 표현하니까 그로테스크하네.

◆슈바인 : 방어라는 건 그런 법이야.

덮쳐오는 적의 무리를 요격하는 거니까.

◆슈바인 : 이렇게 만들어보니, 거의 타워 디펜스네.

◆루시안 : 완전히 타워 디펜스긴 하네.

"그게 뭔가요?"

"덮쳐오는 대량의 적을 방어시설로 지키는 게임이야."

타워로 디펜스하는 게임이니까 타워 디펜스.

단순하지만, 이게 의외로 재미있다. 온라인 게임에서 할 줄은 생각도 못했지만.

그런데, 계획이 정해진 건 좋은데 말이지…….

◆아코 : 소재는 있으세요?

◆루시안 : 나는 없어.

◆슈바인 : 완전 부족하네…….

◆아코 : ……모으러 갈까요?

타워 디펜스라면 소재를 가지러 갈 필요가 없지만, 유감스럽게도 이건 MMORPG였다. 뭔가를 만들려면 소재와 돈이 필요하다.

롤링 블레이드에 필요한 녹슨 칼날을 모으러 붕괴한 성, 구 라인가드 요새로 향하기로 했다.

움직이는 갑옷, 리빙 아머가 녹슨 칼날을 떨군다. 많이 모아서 함정을 늘려야지.

◆루시안 : 이얍!

◆아코 : 여기요.

◆슈바인 : 영～차!

내가 스턴을 넣고, 아코가 엑스댐을 걸고, 슈가 스매시를 날렸다.

이걸로 공격 확정이므로 한 마리씩 쓰러뜨리며 이동했다. 멤버를 따져 봐도 탱커, 딜러, 힐러로 안정되어 있으므로 사냥 자체는 문제없었다.

◆슈바인 : 꽤 사람이 있네.

◆아코 : 평소보다 많네요.

◆루시안 : 역시 소재를 얻으러 온 건가?

그때 정면에서 한 솔로 플레이어가 우리 쪽으로 다가왔다.

일단 매너대로 옆으로 지나가려고 움직였는데—.

◆†클라우드† : 응?

◆루시안 : 어라?

이름이 무척 낯익었다.

전 고양이공주 친위대의 클라우드 씨잖아?

◆†클라우드† : 앨리 캣츠냐.

◆아코 : 세 명뿐이지만요.

다른 멤버는 바쁘니까.

◆†클라우드† : 그쪽도 소재 모으기냐?

◆슈바인 : 아아, 녹슨 칼날이 필요하거든.

"풉—!"

"왜 그러시나요?"

"아니, 갑자기 슈바인 모드로 들어가니 웃겨서."

"웃으면 안 돼요."

"말은 그렇게 하지만 너도 웃고 있잖아."

이쪽에서 웃고 있는 와중에도 이야기는 진행됐다.

◆†클라우드† : 이쪽도 고양이공주 성을 지키기 위해 분담해서 소재를 모으는 중이야.

◆슈바인 : 그쪽도 방어 중이냐.

◆†클라우드† : 뭐, 그렇지. 정보 교환할까?

◆루시안 : 그럼 고맙지.

이제 막 이벤트가 시작돼서 제대로 된 공략법을 모른다.

선불리 게시판 같은 곳을 보기보다는 플레이어끼리 상의하는 편이 유익한 정보를 얻을 수 있을 정도다.

특히 저쪽은 작은 길드인 우리와 달리 고양이공주 친위대가 해산한 결과, 다수의 길드로 흩어진 멤버들이 필요에 따라 집합해서 길드의 틀을 뛰어넘은 수수께끼의 단체로 랭크업한 구 고양이공주 친위대다. 정보의 양이 우리와 현격히 차이난다.

◆†클라우드† : 이쪽에서 정보를 모아보니, 고정 웨이브는 어느 집이든 같은 시간에 오고, 랜덤 웨이브는 진짜로 랜덤으로 온다고 해.

◆슈바인 : 랜덤은 정말로 완전 랜덤이냐.

◆†클라우드† : 어느 집에는 고정이 끝난 직후에 바로 랜덤 웨이브가 왔다고 하더라고.

◆루시안 : 너무 랜덤이잖아.

심야 같을 때 오면 어쩔 거야?

항상 누가 머물면서 방어하는 건 절대로 무리라고.

◆†클라우드† : 다만 고정 웨이브에 비하면 랜덤 웨이브의 적 숫자는 상당히 적어. 랜덤 웨이브는 설치한 함정만으로 대처해서 클리어하라는 설정 아닐까? 라는 게 우리의 예상이야.

◆아코 : 그렇군요.

늪의 효과를 보건대, 함정 설치만으로 클리어하는 것도

무리는 아닐 것 같다.

랜덤 웨이브를 위해 열심히 함정을 설치하고, 그것을 이용해서 고정 웨이브도 헤쳐 나가라— 이건가?

◆†클라우드† : 나머지는 바리케이드가 가장 중요하다, 라는 게 타워 디펜스 경험자들의 공동 견해야. 고양이공주 성은 정원이 넓어서 그 상태로는 지킬 수가 없거든. 바리케이드로 길을 만들어서 적을 유도하고, 그곳에 함정을 설치하거나 공격을 하며 방어하려고 하고 있어.

◆루시안 : 아아, 바리케이드로 루트를 제한하는 건가…….

길이 완전히 막히지 않는 한 벽을 공격하지는 않으니까, 루트만 만들면 멀리 돌아가게 할 수도 있다는 거군.

◆†클라우드† : 단지, 가구의 숫자에는 제한이 있잖아. 공격 함정과 방어 함정, 그리고 집에 남겨두고 싶은 가구의 조절이 조금 힘들어.

◆루시안 : 그렇긴 하지…… 함정을 마구 놓으려면 가구를 철거해야 하니까…….

함정도 집의 설비 중 일부이기에, 가구 설치 숫자의 상한을 넘어서는 놓을 수 없다.

애초에 제한이 꽤 느슨하기 때문에 아직까지는 함정 설치에 여유가 있지만, 최종적으로는 가구와 트레이드 오프를 하게 될지도 모른다.

◆†클라우드† : 이쪽에서 알아낸 건 그 정도야.

◆루시안 : 고마워. 이쪽에서는 적이 정문을 지나가는구나~ 정도밖에 알아내지 못했으니까.

◆아코 : 감사합니다~.

◆†클라우드† : 그래, 고양이공주 씨한테 안부 전해줘.

가볍게 손을 흔들며 클라우드 씨와 헤어졌다. 응, 유익한 정보였다.

◆슈바인 : 바리케이드가 가장 중요하다라……. 확실히 화력만으로 어떻게 하려 했던 내 발상이 안일했을지도 모르겠네.

◆루시안 : 하지만 그건 정원이 넓은 타입의 집일 경우잖아? 우리 문제는, 오히려 방치해놨을 때 랜덤 웨이브를 견뎌낼 방법 아닐까?

◆슈바인 : 그것도 그렇지만.

슈바인은 나와 아코 두 사람을 순서대로 가리키며 말했다.

◆슈바인 : 이벤트 최종일에는 너랑 아코밖에 없을 테니까, 그때까지 라스트 고정 웨이브를 둘이서 클리어할 수 있도록 준비해놔야 하잖아.

◆루시안 : 뭐라고?

최종일에는 우리밖에 없어?

바쁘긴 하지만, 드문드문 빈 시간에 오는 거 아니었냐고?!

그 날에 한해서 전원 없는 거야?! 전원이 바쁜 거야?!

◆슈바인 : 아아, 너는 회의 시간에 없었던가? 최종일에 한가한 건 너희뿐이야.

"말하지 않았었어요. 죄송해요."

아코가 내게로 몸을 돌려서 손바닥을 짝 맞댔다.

"이거 진짜야?"

"다들 하루씩밖에 오지 못해서, 마지막 날은 저랑 루시안밖에 없대요."

"너, 그거 거짓말 아니지?"

"저희 집이니까, 저희끼리 지켜요!"

"현실 집만이 아니라, 이쪽 집에도 우리만 남는 건가……."

이거, 험난한 싸움이 될 것 같다.

◆루시안 : 좋아, 설치 완료.

◆슈바인 : 일단 모아 온 소재로는 이 정도겠네.

슈가 제안한 개막 격추 시스템이 가동을 개시했다.

바리케이드로 길을 만들어서 적을 쓰러뜨리기 쉽도록 제작했다.

◆루시안 : 다음 고정 웨이브는?

◆슈바인 : 내일 낮 열두 시야. 그때는 나도 아직 집에 있을 거니까 도와줄 수 있어.

◆루시안 : 고맙다.

이야기를 하는 중에 뭔가 삐콩! 하는 소리가 들렸다.

"뭔가 왔는데요?"

"뭐?"

화면 오른쪽 하단에 팝업이 떴다. 그곳에 적혀있는 글은―.

▶랜덤 웨이브 스타트!◀

◆슈바인 : 랜덤 웨이브, 오네.

◆루시안 : 일어나 있는 시간이라 다행이네, 방치한 상태에서 지킬 수 있을지 확인해보자.

주변에서 적이 나타나 속속 집을 향해 다가왔다.

"포와링만이 아니라, 고블린도 있네요."

"레벨이 오른 것 같아."

후다다닥 달려서 돌격하는 고블린이 늪에 발이 묶이면서도 함정을 돌파하기 위해 전진했다.

"빠르네."

"포와링보다 훨씬 빠르네요."

어쩌면 입구를 빠져나올지도 모르겠는데? 조심해야지.

◆슈바인 : 루시안, 바닥없는 늪 늘릴 수 있어?

◆아코 : 바리케이드로 미로를 만드는 건 어떨까요?

◆슈바인 : 아, 그것도 좋겠네.

◆루시안 : 헤매준다면야 재미있겠지만, 정답 루트밖에 가지 않을 거 아냐ㅋ

목적지를 클릭하면 오토로 나아가는 게임이니까, 미로에 들어가 봐야 헤매주지 않을 거라고.

◆슈바인 : 아, 한 마리 빠져나왔네. 역시 이걸론 부족한가……. 바리케이드로 길을 만들어서, 한 번은 현관 반대쪽으

로 보내는 구성으로 할 수 없을까?

◆루시안 : 어어, 바리케이드로 진행 방향을 이쪽으로…….

"조금 더 바리케이드 수를 늘리고 싶네."

"목재를 모아야겠네요."

"음, 고블린이 미묘하게 바리케이드를 두들기며 나아가고 있네? 그쪽에 회복 함정도 조금 늘리지 않을래?"

"어어, 입구가 범위에 들어가도록 놓는 거죠?"

딩동~.

"……무슨 소리 들리지 않았어?"

"들렸네요."

딩동~.

"왠지 딩동~ 이라고 들리는데요."

"……앗!"

그러고 보니 여기 오기 전에 아코가 말했었지.

"택배가 온다고 했었던가?"

"아아아앗!"

아코가 황급히 양손을 파닥파닥거렸다.

◆아코 : 어쩌죠? 택배가 와버렸어요!

"왜 채팅으로 보고하는데!"

"지진이 나면 일단 인터넷에 올리는 그런 느낌이에요."

팔로워 같은 것도 없는 주제에!

◆슈바인 : 빨리 받으러 가라고.

◆아코 : 벌써 파자마 차림이라고요!

"그랬었지. 아코는 벌써 잠옷이잖아!"

에잇, 어쩔 수 없지. 원래 이 집 사람은 아니지만—.

"내가 갔다 올게."

"부탁드려요. 도장은 열쇠 케이스에 있어요."

"오케이."

나는 운동복을 입고 잘 생각이었으니까 아무 문제 없다.

그대로 돌아가기 전에 나가야겠지. 나는 영차, 하고 일어났다.

◆아코 : 루시안이 가준대요.

◆슈바인 : 뭐? 왜 저 녀석이?

채팅을 곁눈질하며 방을 나가 종종걸음으로 계단을 내려갔다.

딩동~.

다행이다. 아직 기다려주고 있네.

지금 간다고요.

"네~."

"택배입니다~."

"안녕하세요."

"타마키 씨 맞으시죠? 여기에 도장을 찍어주세요."

"……아, 네."

아, 아니거든요? 본인이 집에 있으니까 문제없……겠지……?

"냉장 보관이니까 서둘러 냉장고에 넣어주세요."

"네."

냉장 포장한 날것이군. 그래서 받아달라고 부탁한 건가?

여는 것도 미안하고, 그대로 넣어둘까?

"……냉장고를 멋대로 여는 것도 미안하지만."

냉장고 빈 공간에 상자째 넣어두자. 냉장고가 정리되어 있어서 다행이었다.

좋아. 빨리 돌아가야지.

성큼성큼 계단을 올라가서 AKO라는 문패가 걸린 방으로 들어갔다.

"다녀왔어."

"어서 오세요. 감사합니다."

"오냐."

"역시 루시안이 있으니 다행이네요."

"그렇게 호들갑부리지 마. 집에서도 자주 있는 일이거든?"

"그런가요?"

"내가 나가는 게 빠르니까."

어머니도 미즈키도 간편한 차림으로는 남들 앞에 나갈 수 없으니까, 밤에 뭐가 오면 나나 아버지가 나가는 게 보통이다.

"아코네는 달라?"

"아빠가 늦게 돌아오시니까요."

"과연—."

부모님 모두 그다지 집에 안 계신다고 했었지.

아니, 지금이라면 알 수 있다. 아코의 어머니는 집에 있어도 딱히 상관없다. 단지 아코의 아버지가 늦게까지 돌아오지 않으니까, 그때까지 한가해서 일하고 있을 뿐이다.

……잘 생각해보니 아코, 용케도 비뚤어지지 않았네.

"그보다 전황은?"

"괜찮아요."

화면을 보니 드래곤 소울로 변신한 슈가 마지막 고블린을 태워버리고 있었다.

『랜덤 웨이브 클리어』라는 팝업이 화면에 표시되었다.

◆루시안 : 수고했어. 고맙다.

◆아코 : 감사합니다.

◆슈바인 : 그건 딱히 상관없는데—.

슈는 미심쩍다는 감정표현을 띄우면서 우리를 빤히 바라봤다.

◆슈바인 : 이런 시간에, 너희 같이 있어?

"엑?!"

"아, 말해버렸네요."

정말이다! 채팅창에, 루시안이 가준다고 확실히 적혀 있어!

"들켰잖아!"

"무심코 말해버렸어요."

"무심코 좋아하시네."

마지막에 쓴 글이니까, 벌써 밤 10시를 넘어버린 시간이다.

이 시간에 집에 있는 건 아무리 그래도 이상해!

"얼버무려야 하는데…… 뭐라고 해야 하나……."

"말해버리면 되지 않을까요?"

"휴일에 둘이서 한집에 묵는다는 소리를 들으면, 세가와로서는 미묘할 텐데……."

연휴 다음날에 무슨 얼굴로 만나야 하는 건데— 서로 말이야.

◆루시안 : 내가 간다는 시늉으로 없는 척을 했을 뿐이야. 괜찮아 괜찮아~.

◆아코 : 마, 맞아요~.

"채팅으로 말더듬는 거 이상하잖아!"

"무심코 마음이 글자로 나와 버려서……."

◆슈바인 : 그치만 너, 한동안 없었잖아.

"이 녀석 감 좋네."

"벌써 눈치채고 있는 거 아닐까요?"

"그럴지도 모르지만, 여기선 얼버무리자."

어쩔 수 없네.

◆루시안 : 기왕 짬이 난 김에 화장실에 간 거야.

◆슈바인 : 수상하네…….

◆루시안 : 남의 생리현상을 수상하다고 하다니 실례잖아.

◆슈바인 : 흐~응.

의심하고 있어, 분명히 들켰을 것 같아.

◆루시안 : 그보다 내일 이후의 준비를 하자고.

◆슈바인 : 뭐, 그러네. 아까도 빠져나갔으니까.

◆루시안 : 그 함정투성이 입구를 빠져나갔어?

◆슈바인 : 고블린은 포와링보다 속도가 빠르잖아? 함정 쿨타임 중에 빠져나가더라고.

그런가. 함정은 항상 움직이는 게 아니니까.

쿨타임이 좋지 않은 형태로 맞물리면 평범하게 빠져나가게 되는 건가…….

◆슈바인 : 가시는 10초에 한 번밖에 나오지 않고, 블레이드도 1회전에 두 번밖에 대미지 판정이 없는 것 같아. 철구가 떨어지는 함정은 15초에 한 번 정도고.

◆루시안 : 꽤 기네. 지금 이대로라면 어렵나…….

◆슈바인 : 어쩔래? 공격함정을 늘려볼까?

◆루시안 : 정원 전체를 바닥없는 늪으로 만드는 건 어떨까?

◆아코 : 집이 심각한 상태가 되잖아요.

◆슈바인 : 아코는 뭔가 쓸 만한 함정 없어?

◆아코 : 어어…… 아, 근처 함정의 쿨타임을 단축시키는 걸 만들 수 있어요.

◆슈바인 : 그거! 그거 입구에 놔둬!

◆아코 : 소재에 하피 힐러의 눈동자가 필요해요! 이런 거 갖고 있지 않아요!

또 미묘한 물건을 사용하네.

용도가 없는 소재를 써보라는, 운영진의 좋지 않은 마음 씀씀이인가.

◆슈바인 : 그럼 지금 당장 가지러 가자, 다음 웨이브까지는 만들어야지!

◆아코 : 네~.

◆루시안 : 좋아, 열심히 해볼까?

그로부터 세 시간 동안 재료를 모아서 함정을 늘리고, 정문 주변에 대량의 함정을 설치했다.

덮쳐오는 적은 진흙에 발이 묶이고, 얼어붙는 바람에 움직임이 둔해지고, 회전하는 칼날에 찢기고, 위에서 철구가 떨어지고, 발밑에서 가시가 튀어나오고, 어찌어찌 문을 지나 현관으로 가려고 하면 날아오는 통나무 함정에 튕겨나가는 귀축 사양이다.

응응, 잘 만들어졌어.

◆슈바인 : 이렇게까지 만들고 보니 차라리 적이 와줬으면 좋겠네.

◆루시안 : 이런 걸 빠져나갈 수 있는 녀석은 없을걸?

◆아코 : 보스 같은 게 오면 곤란하겠네요.

◆루시안 : 함정 무효라든가?

◆슈바인 : 그런 식겁할 녀석은 없을 거라 생각하는데…….

상상하고 싶지 않다고. 함정이 통하지 않는 몬스터라니…….

"후아암……."

오, 아코가 하품을 했네.

"졸려?"

"그러게요. 슬슬 졸려요."

"어느새 날짜가 변했으니까."

벌써 이런 시간인가. 놀고 있으면 참 빠르네.

그보다 숙박 1일차는 거의 아무것도 하지 않고 끝나버렸는데, 괜찮을까?

"슬슬 잘까요?"

"나는 어디서 자면 돼?"

내 물음에 아코는 방 한쪽을 가리켰다.

"저기인데요."

"내 착각이 아니라면, 아코가 가리키는 『저기』라는 건, 네 침대라고 생각하는데."

"맞는데요?"

아코가 「무슨 당연한 소리를~」이라는 표정으로 말했다.

"그럼 아코는 어디서 자는데?"

"저기인데요."

"그것도 내 착각이 아니라면, 아코가 가리키는 『저기』라는 건 네 침대고, 나는 거기서 잘 예정이었을 거라 생각하는데."

"전부 맞는데요?"

"그렇군, 하고 싶은 말은 알겠어."

알고 싶지 않았지만 알게 됐어.

"저기 말이야. 아코."

"같이 자요."

"일부러 말로 하지 않아도 되니까!"

질릴 정도로 전해졌으니까!

"아무튼, 그건 싫어."

"어째서인가요?! 부부잖아요?!"

아코는 노골적으로 쇼크라는 듯이 양손을 꽈악 쥐었다.

확실히 척 보면 슬퍼하는 것처럼 보이지만—.

"리액션이 조금 노골적이거든?"

"아, 알 수 있나요?"

"알지, 알지."

내가 싫어할 걸 뻔히 알 텐데, 의외일 리가 있나.

"동침을 했다가는 아코의 어머니한테 변명을 못 하니까, 그런 건 안 돼."

"같은 침대에서 자지 않는 부부도 적지 않다고 생각하니까, 어쩔 수 없네요."

"좁아서 편하지 않으니까."

아코가 쓰고 있어서 그런지 딱히 커다란 침대는 아니다.

우리 둘이 자면 꼬옥 달라붙는 꼴이 된다.

"언젠가 더블베드를 사는 게 좋겠어요."

그런 문제가 아니거든?

"그럼 난 거실에서 잘게."

"안 돼요. 손님인 루시안을 거실에서 재울 수는 없어요."

"그럼 아코가 거실에서—."

"루시안은 아내를 거실에서 재울 생각인가요?!"

"방금 나를 손님이라 그러지 않았어?"

엄청난 모순을 봤다.

이 상태라면 이 건에 관해서는 양보할 생각이 없는 것 같다.

그럼 적어도 타협할 수 있는 건 뭘까…….

"그럼 백보 양보해서, 내가 여기 바닥에서 자는 건 어떨까?"

"제가 잘 때까지 이야기를 하는 건가요?"

"내가 잠들지 않는 범위 안에서 노력할게."

"해냈다! 이것저것 이야기해요~!"

이렇게 기뻐하는 걸 보면, 어쩔 수 없다고 생각하는 거겠지.

"잠시만 기다려주세요. 손님용 이불을 가져올게요."

"어디 있는데? 나도 같이 옮겨줄게…… 이런, 슈한테 끈다고 해야지."

"아, 그러네요."

다시 키보드 쪽으로 돌아와 길드 채팅을 날렸다.

◆루시안 : 우리는 이만 슬슬 끌게. 이 시간에 커다란 웨이브는 없겠지만 만약 왔을 때 한가하면 부탁한다.

◆아코 : 안녕히 주무세요~.

좋아, 잘 준비를 하자.

그랬는데—.

◆슈바인 : 기다려.

◆아코 : 네?

◆루시안 : 응?

왠지 제지당했다.

◆슈바인 : 왜 바로 자려고 하는데?

◆루시안 : 왜냐고 물어도…… 졸리니까…….

◆슈바인 : 나의 골든 위크는 이틀밖에 없거든?! 그 하루를 이렇게 바로 자버리다니 말도 안 되잖아!

◆아코 : 에엑~?!

◆루시안 : 그렇게 말해도 우리는 졸린데…….

왜 그렇게 의욕이 넘쳐나는데? 세가와.

내일도 있으니까 오늘은 괜찮잖아.

◆루시안 : 딱히 이제 할 것도 없잖아?

◆슈바인 : 만들고 싶은 함정이 있어. 스파이크 트랩의 강화판인데, 발밑에서 커다란 가위가 샤킹! 하고 튀어나오는 거야.

◆아코 : 그럼 그거 만들면 잘 건가요?

◆루시안 : 딱히 상관은 없지만…….

"간단한 소재였으면 좋겠네."

"너무 많으면 힘드니까요."

◆슈바인 : 소재가 너무하더라고. 시저 샤크의 지느러미가 150개에다, 시저 핸즈 고블린의 가위가 50개, 그리고 던전 보물 상자에서 나오는 푸른 칼날이 10개 필요해.

아, 이건 무리다.

◆루시안 : 잘 자라.

◆아코 : 안녕히 주무세요.

◆슈바인 : 아, 그렇게 나올 거야? 바쁜 가운데서 그래도 조금이라도 같이 즐기고 싶다고 생각하는 나한테 그런 소리 할 거야?

◆루시안 : 귀찮은 방식으로 얽혀드네!

그런 소리를 하면 거절할 수 없잖아!

"아코, 조금 더 힘낼 수 있어?"

"슈한테도 미안하니까, 한 개 정도라면 어찌어찌……."

"좋아. 곯아떨어지지 않도록 노력해보자."

◆루시안 : 그럼 하나만이라도 만들어볼까.

◆아코 : 네~.

◆슈바인 : 그렇게 나와야지!

슈바인이 기쁜 듯이 대검을 휘둘렀다.

그럼 시저 샤크의 대량 남획을 하러 가보기로 할까.

"어어, 해저신전 3층이었던가."

"게이트 등록하지 않았어요오."

"그런 곳은 보통 안 가니까."

비공선에서 뛰어내려서 갈까…….

우리와 같은 소재를 원해서 왔는지, 던전 안에는 꽤 많은 사람들이 모여 있었다.

◆루시안 : 우우, 움직이는 게 귀찮아.

◆아코 : 캠핑 사냥 할까요?

◆슈바인 : 캠핑으로 숫자가 모일 리가 없잖아. 자, 어서 모아.

◆루시안 : 어쩔 수 없다냐!

근처 적 주변에서 마구 외치면서 적을 끌어 모았다.

아아, 옛날에는 버거웠는데, 지금이라면 꽤 버틸 수 있네.

"……."

"아코, 힐힐."

"녜잇!"

녜잇이 뭐야, 녜잇이.

◆슈바인 : 먹어라, 이 몸이 뿜어내는 용의 분노!

◆루시안 : 고정 대미지잖아!

그대로 드래곤 소울로 무리를 통째로 날려버렸다.

이 한 번에 몇 개 정도 모았을까…… 아아, 졸려.

◆아코 : 물속에서 불을 뿜을 수 있네요.

◆루시안 : 타지 않을 거라 생각하는데.

◆슈바인 : 과학적으로는 수중에서도 물건은 탈 수 있어. 이것도 분명 마술적인 느낌의 불꽃이겠지.

◆아코 : 슈는 이과네요.

◆슈바인 : 너희도 받고 있는 수업은 똑같거든?

◆루시안 : 그런 것보다 남은 소재는 몇 개야?

◆슈바인 : 지느러미는 135개네.

엄청 부족하잖아!

◆아코 : 아, 이벤트가 업데이트됐어요!

◆루시안 : 이런 시간에 랜덤 웨이브가 오는 거냐?! 집으로 돌아가자.

◆슈바인 : 좋~아, 맡겨두라고!

왁자지껄 놀고, 놀고, 마구 놀다가—.

왠지 점점 의식이 멀어져갔다.

이제, 한계…….

콰앙, 서걱서걱, 쿠샤앗! 하는, 뭔가가 끔찍한 꼴을 당하는 소리가 들렸다.

"으음……."

몸을 일으키자, 눈앞의 화면에서 고블린이 죽고 있었다.

자동으로 움직이는 트랩들이 랜덤 웨이브를 처리해주고 있었던 모양이다.

"아침인가……."

아아, 곯아떨어진 건가…….

오히려 강제로 곯아떨어져 버렸다고나 할까.

슈는 로그아웃한 모양이다. 그렇게 열심히 할 건 없었는데 말이지.

마치 우리를 곯아떨어지게 만들고 싶었던 것 같았다니까.

"……아코는?"

그런 우리 중 또 한 명, 내 신부의 모습을 찾았다.

침대에는 없었지만, 바로 찾았다. 컴퓨터 책상에 엎어져서 숨소리를 내고 있었다. 머리카락이 책상 위에 펼쳐져서 다른 생물처럼 되어 있군.

"답답해 보이네."

슬쩍 다가가서 머리카락을 걷어내자, 옆모습이 약간 보였다.

평소 아코의 얼굴은 표정이 데굴데굴 변하지만, 지금은 잘 자고 있어서 아무 표정도 보이지 않는다. 완전히 다른 사람 같지만, 이렇게 있으면 순수하게 예쁘다고 생각한다.

이크, 보고 있을 때가 아니었다.

나태하게 보내게 하지 말라는 말을 듣고 왔는데, 해가 높이 뜬 시간까지 같이 자버렸어.

"아코~, 아코~."

"……흐응~."

불러서 깨우자, 입과 눈동자가 약간 열렸다.

원래 경계심이 강한 성격이라 그런지, 아코는 꽤 잘 일어나는 편이다.

"아침이야. 아코, 일어나."

어깨를 흔들어봤다.

일어나~, 남자 앞에서 숙면이라니 너무 무방비하잖아~.

"……으음, 루시안……."

아코는 살짝 눈을 뜨더니 멍하니 나와 시선을 맞췄다.

"좋은 아침."

"……루시안!"

멍하니 있던 표정이 활짝 빛나는 미소로 변했다.

본인에게는 도저히 할 수 없는 말이지만, 나를 상대로 이런 표정을 짓는 게 정말 기쁘다.

"아침부터 루시안이 있어요! 좋은 아침이네요!"

"영~차!"

"와훗?!"

기쁘긴 하지만, 안겨오는 건 오른쪽에서 왼쪽으로 흘려버렸다.

자기 침대로 홱 내던져진 아코는 원망스럽게 나를 올려다봤다.

"우우, 너무해요……."

"던진 곳이 바닥이 아니었던 건 다정하잖아."

"다정하게 안아줘도 괜찮잖아요. 그것만으로도 저는 근사한 아침을 맞이할 수 있는데요?"

"미안, 조금 쑥스러워서."

"그럼 내일 노력해보죠!"

멋대로 이상한 목표를 세우지 말았으면 좋겠다.

아코는 침대 위에 주저앉고는 으응~ 하고 기지개를 켰다.

“잠이 부족해요…….”

“그건 동감.”

늦은 시간에 곯아떨어져서 수면시간이 부족한 데다 편하게 자지도 못했다. 그야 완전히 불만족이겠지.

하지만 오늘은 해야 할 일이 있다.

“오늘은 풀 뽑기를 해야 해.”

할 일 메모에 있었다.

“에이, 내일 하면 되잖아요.”

“내일은 비가 와.”

“그럼 그 다음날에 해요. 마침 잘 됐네요. 흙이 부드러워져서.”

“대체 며칠 뒤에 할 생각이야…….”

오늘 하는 편이 편하다고.

아침밥은 내가 만들까? 라는 의견은 정중하게 기각되었다.

나는 세가와하고는 다르게 해서 못하는 일은 없는데. 단지 하지 않을 뿐이지만.

“계란 프라이는 반숙파인가요? 완숙파인가요?”

“집착하지는 않으니까 아코 거랑 같이 하면 돼.”

“그럼 계란말이를 할게요.”

“그러니까 왜 물어본 거하고 다른 방향성으로 가는 건데!”

그렇지만 아코는 제대로 준비해주었다.

두부와 유부 된장국, 계란말이, 자반 연어에 김.

맛있어 보이지만, 이 메뉴 오히려 계란 프라이하고는 안 맞잖아. 완전히 일본식이잖아.

“왠지, 일본식 아침밥의 정석 같은 느낌으로 완성됐네.”

“아직 초반이니까, 일단은 무난하게 가볼까 해서요.”

“나는 후반에 뭘 먹게 되는 건데…….”

어차피 맛있을 테니 한 번뿐인 기회라도 기대는 되지만 말이지.

“응응, 맛있어, 맛있어. 고마워, 아코.”

“아뇨아뇨.”

신부니까요! 라고 말하지는 않았지만, 마치 그렇게 들리는 듯한 자랑스러운 표정이었다.

내 감상을 듣자 아코도 그제야 자기 젓가락을 움직였다.

“음, 오늘은 계란말이가 맛있게 됐어요.”

“아코는 다시물 파인가.”

“루시안은 달콤한 계란말이가 좋나요?”

“아니, 우리는 간장맛.”

“레어네요!”

“거짓말 하지 마. 평범하잖아?”

그렇게 이야기를 나누면서 우물우물 먹었다.

니시무라 가와 타마키 가의 공통점은 식사 중에도 떠드는 스타일이라는 점이려나.

"근데 아코, 제대로 아침밥을 만들었는데…… 평소에도 아침부터 제대로 먹고 있어?"

"네. 시간이 되면요."

"오, 의외로 건강하게 보내네."

"루시안은 아침밥 거르는 편인가요?"

"우리는 빵이 많지."

아침은 다들 바쁘니까.

아코가 만들어주니까 내 점심은 필요 없다고 했더니 좋아했을 정도다.

지금은 미즈키도 자기가 만들거나 매점에서 사 먹기 때문에 아침은 가스레인지에 불이 들어오지 않는 날도 많다.

"……이렇게 평범한 생활을 이야기한 적은 그다지 없었는데……."

"그러게요."

아코는 헤실거리며 나를 바라봤다.

"같이 살면서, 일상의 루시안을 볼 수 있다니 근사하네요."

"왠지 동거 같은데……."

한집에서 둘이 함께 묵고 있으니, 기간 한정 동거 같은 셈이긴 하지만.

"아뇨아뇨, 신혼 생활이에요."

"부부는 아니고, 설령 부부라도 신혼이라 부르기에는 너무 오래 지내지 않았나?"

"기분은 언제나 신혼이에요."

진짜 결혼할 때까지는 신혼 기분으로 있어줘, 라고는 부끄러워서 도저히 말할 수 없었다.

"루시안, 오늘 요리할 건 정해놨는데, 내일은 냉장고에 있는 것들이 없어져버릴 거예요."

"아아, 꽤 비어있었지."

"엄마가 여행 전에 다 써버려서요. 제대로 예산은 받았지만요."

"그럼 내일은 장보러 가야겠네."

"오늘은 풀 뽑기가 있고…… 할 일이 태산이네요……."

"하루에 하나 정도밖에 없잖아."

전혀 큰일 아닌데?

"잘 먹었습니다. 자, 풀 뽑기 하자, 옷 갈아입어."

"네~."

벗으려고 하지 마!

방에서 갈아입으라고, 방에서!

준비를 마치고 둘이서 정원로 나왔다.

이쪽 정원에는 물론 함정 같은 게 없다.

"……영~차!"

"으응, 딱딱해요."

"열심히 뿌리부터 뽑아야 해."

그러지 않으면 바로 다시 나 버리니까.

타마키 가의 정원은 꽤 넓어서, 풀 뽑기도 간단하지 않았다.

나무도 많이 심어져 있는데, 그쪽은 제대로 가지치기가 되어서 깔끔하게 깎여있다.

"관리 힘들겠네. 정원."

"이러고 있으면 정원 같은 건 필요 없다는 생각이 들어요."

"아코는 넓은 정원을 동경하지 않나보네."

"여기에 있으니까요."

그야 그런가? 지당한 말이다.

"그럼 아파트에서 살래?"

"아파트는 이웃하고 어울리는 게 힘들다고 들었는데요."

"그건 단독주택도 똑같잖아."

아코는 잡초를 뿌직 뽑으면서 시무룩하게 말했다.

"세상은 살기 힘드네요."

"정말……."

덥지도 않고 춥지도 않은 딱 좋은 기온에다, 느긋하게 작업을 하고 있지만, 그럼에도 좀처럼 끝나지 않았다.

"두 사람이 하려니 힘드네."

"조금 더 도와줄 사람이 있으면 좋겠는데요."

"아니아니, 내가 여기 있는 게 들키면 안 되거든?"

그렇게 말하면서 잠깐 일어서서 기지개를 켰다.

으음, 줄곧 쪼그려 앉아있으니 몸이 쑤시네.

"아앗!"

"……응?"

그때 정원 바깥에서 목소리가 들렸다.

갑작스러웠지만, 전혀 놀라지 않았다. 어쩌면 아코보다도 익숙한 목소리다.

깊게 생각하지 않고 바깥으로 눈을 돌리자—.

"오빠, 역시 여기 있었어!"

니시무라 미즈키가 그곳에 있었다.

"어라? 미즈키, 이런 곳에……."

우연인데……가 아니지!

뭐? 미즈키?

내 여동생?

아니아니, 내 여동생이 이런 곳에 있을 리가 없어.

"……."

"숨어도 소용없어!"

"칫……."

슬그머니 주저앉아 나무에 숨으면 얼버무릴 수 있을 것 같았지만 역시 소용없었다.

다시 일어나서 바깥 길목을 돌아봤다.

그곳에는 미즈키와—.

"안녕하세요. 선배."

"후타바도 있었냐……."

도서위원 후배도 함께였다.

"무슨 일이야? 후타바. 미즈키랑 둘이서 외출이야?"

"외출…… 탐정?"

"탐정이라니 뭔데……."

"바람기 조사, 라든가……."

"그 무슨 실례되는 말을!"

나는 아코 외길이거든?!

"그런 것보다 오빠, 합숙이라고 했었잖아?!"

"했었지……."

"왜 아코 언니 집에서, 게다가 풀 뽑기를 하고 있는 거야?!"

"……어째서일까?"

아아, 그랬다. 미즈키한테는 합숙이라고 했었지.

게다가 대놓고 거짓말이라는 걸 들켰었다.

그래서 일부러 보러 와서, 운 나쁘게 풀을 뽑고 있을 때 딱 마주쳐버린 건가.

"그 전에 미즈키, 어째서 아코네 집 위치를 알고 있는 거야?"

"전에 몰래 따라간 적이 있는걸."

"그랬었지!"

미즈키는 예전에 아코의 스토커였지!

"그래서 오빠, 여기서 뭐하는 거야?"

"아니 그게, 이것도 합숙의 일환으로—."

"그럴 리가."

"정말, 정말이야."

"그럼 다른 사람은?"

"……."

"저밖에 없어요!"

야! 아코, 말하면 안 돼!

어, 어쩌지, 어떻게 얼버무리지…….

여자친구(가칭)네 집에 묵다니, 아무리 그래도 혼나는 걸로는 그치지 않을 것이다.

아니, 본인이나 이쪽 가족에게 허가는 받았으니 들켜도 설명은 가능하지만, 그래도 곤란하다는 것에는 변함이 없다.

"설마 오빠, 모두에게 거짓말을 하고 아코 언니네 집에……."

위험한 흐름이 되고 있잖아!

아코를 보자 어라라? 하는 표정으로 웃고 있고.

후타바는 딱히 코멘트 없이, 아니 오히려 즐거운 듯이 보고 있고.

아무도 믿을 수 없어!

"아니, 그렇지는 않거든?"

"그런 괘씸한 짓은 여동생으로서 허락할 수 없어!"

"그런 허락은 필요 없거든?!"

그냥 솔직하게 말하는 게 좋을까…… 하지만 이 흐름에서 사실대로 말하고 집으로 돌아가면, 실망한 아코는 틀림없이 타락한 연휴를 보내고 말 텐데!

어떻게 해야 하지?!

누, 누가, 누가 좀 도와줘!

"……너희, 뭐하는 거야?"

그때, 또 한 명의 목소리가 들렸다.

이쪽도 매우 익숙한, 게다가 안심되는 목소리.

"세가와 선배?"

"선배, 안녕하세요."

갑자기 나타난 게스트, 그 세 번째.

내 파트너, 세가와 아카네가 그곳에 있었다.

"……."

세가와는 잠시 내 얼굴과 아코의 얼굴, 그리고 바깥의 두 사람을 바라본 뒤에, 훗 하고 웃으며 한손을 들었다.

"으음…… 다녀왔어."

††† ††† †††

"이번에는 아코 언니네 집에서 합숙이었던 건가요?"

미즈키가 잡초를 뿌직 뽑으면서 고개를 갸웃했다.

"그렇게 매번 이곳저곳으로 다닐 수는 없잖아."

세가와는 잡초 하나를 홱 당기고는 그 뿌리 길이에 인상을 찌푸리며 말했다.

"이벤트 중이니까 모였을 뿐이고, 그렇게 거창한 건 아니니까."

"아하~."

"마스터나 나나코도 나중에 합류할 거야."

"그렇군요."

고맙긴 하지만, 참 태연하게 말하네…… 세가와. 여자아이는 굉장하군.

"오빠, 처음부터 그렇게 말하면 좋았잖아."

"아, 아니…… 응……."

미즈키는 납득한 표정이었지만, 나와 아코만으로는 신용하지 못했으면서 세가와가 끼어드니까 바로 이 신뢰감이라니, 대체 어떻게 된 거야?!

"타마키 선배, 이거, 잡초?"

"잡초가 아니라 해도 뽑아도 괜찮아요."

"오케이에요."

오케이인 거냐, 거기 있는 아코미캉.

둘이서는 꽤 힘들었던 풀 뽑기도, 일손이 다섯 명이 되자 바로 끝났다.

"미안, 미즈키, 후타바. 휴일인데 도와줘서……."

"아냐. 이쪽이야말로 미안. 이상한 생각해서."

"……아니, 전혀."

미즈키의 의심은 정답이기 때문에, 이쪽이야말로 면목이 없다.

"그럼 저는 이만 가볼게요."

"고마워~, 여동생."

"무척 도움이 됐어."

손을 흔들며 두 사람을 배웅했다.

"그럼 가자. 이대로 역으로 가면 돼?"

"응."

미즈키와 후타바는 그대로 놀러가는 모양이다.

응응, 즐거운 휴일을 보내줬으면 좋겠다.

"……."

오, 미즈키를 뒤따라 걷고 있던 후타바가 빙글 돌았다.

"……척."

그리고 엄지를 세웠다.

나이스하게 얼버무렸네 선배, 라는 표정이었다.

저 녀석, 다 알아챈 모양이다. 순수한 여동생과 눈치가 빠른 후배라 다행이다.

아코, 세가와와 함께 두 사람이 보이지 않을 때까지 배웅했다.

이야~, 다행이군 다행이야.

"자~ 그럼."

무릎에 묻은 흙을 툭툭 털면서 세가와가 씨익 웃었다.

"설명해주는 거겠지?"

"예입~."

전부 설명해드리겠습니다.

††† ††† †††

"흐음, 휴일동안 아코가 막장 인간이 되지 않도록 감시라……."

"그렇습니다."

소파에 앉은 세가와에게 「거짓말이 아닙니다, 이해해주세요」라며 고개를 숙였다.

세가와는 곤란한 표정으로 이마를 눌렀다.

"무슨 바보 같은 소리를 하는 거야…… 라고 단언할 수 없는 게 아코이긴 하네."

"그저 부부 생활을 보내고 있을 뿐이에요오."

"미안하지만 아코, 지금은 좀 잠자코 있어."

"여기, 저희 집인데요."

집주인 딸이 이야기에서 소외되는 집이 있는 모양이다.

"아코의 어머니한테 부탁을 받기도 했고, 나도 걱정이 돼서 거절하기 힘들었다고."

"아무리 그래도 숙박은 좀 그런데……."

"나도 그랬는데, 내버려두면 진짜로 퇴폐한 생활을 보낼 것 같아서…….”

“뭐, 그렇긴 하네.”

“그렇게나 신용이 없는 건가요…….”

아코가 조금 불만스럽게 말했다.

“그치만 아코, 한눈팔면 죽어버리는 이벤트 캐릭터 같은걸.”

“그렇다니까.”

“귀찮은 호위대상이잖아요.”

처음 보면 두세 번 반복하게 되는 녀석이지.

“하지만 실제로 농담이 아니라, 나태하게 보낼 거잖아?”

내 물음에 아코는 우우~ 하고 입을 삐죽였다.

“그치만 휴일이잖아요? 하루 종일 파자마 차림으로 보내도 되겠지~ 라든가, 목욕 안 하고 자도 되겠지~ 라든가, 누구라도 생각하잖아요.”

“나는 그러면 여동생한테 혼나.”

“난 복장으로 기분이 변하는 타입이니까, 일어나면 바로 갈아입어.”

“두 사람 다 너무 멀쩡한 인간이에요!”

“왜 혼나야 하는 건데?”

“동감이야.”

그 생활이 나쁘다고 말할 생각은 없지만, 여유가 있다면 조금 더 건전하게 살아보는 게 좋지 않을까?

“뭐, 나쁜 일을 하는 것도 아니니까, 너희 마음대로 하면 되겠지만."

세가와는 나와 아코를, 별로 자신 없는 시험 결과를 보는 듯한, 뭐라 말 못할 떨떠름한 표정으로 바라봤다.

그리고 확인하듯이 물었다.

"저기, 그렇고 그런 일은 하지 않았지?"

"안 했어, 안 했어. 아코의 어머니하고 약속했으니까."

"엄마는 그런 약속을 원하지 않았었는데요."

"오히려 추천했었지!"

그건 절대로 잘못됐다고 생각해!

"너네 엄마, 정말 너네 엄마다……."

"아코네 어머니, 진짜로 아코의 어머니라니까?"

"저를 이유삼아 엄마를 나쁘게 말하는 건 그만둬주실래요?!"

"나쁘게 말하는 건 아닌데?"

그저 아코의 어머니구나, 라고 할 뿐이라고.

"하지만 뭐, 괜찮았겠지."

세가와는 어흠 헛기침을 하고는 조금 의기양양하게 말했다.

"어제는 두 사람 다 곯아떨어졌으니까."

확실히 곯아떨어졌지만— 설마!

"너, 이쪽 상황을 알아채고 곯아떨어지게 만든 거냐?!"

"명탐정 세가와 아카네에게 걸리면 이정도 쯤이야!"

세가와는 훗훗훗, 하고 자랑스럽게 웃었다.

너! 말은 그렇게 하지만!

"그 탓에 나랑 아코는 졸리거든?!"

"힘들다고요오."

"나도 그런데?"

그야 자업자득이지!

우리가 불평을 늘어놓자, 세가와는 응응 하고 고개를 끄덕이며 말했다.

"하지만 오늘은 괜찮아. 나도 여기서 묵을 테니까."

"어, 너도 묵을 거야?"

"모른다면 모를까, 알아버렸으니 내버려둘 수 없잖아."

그야 지당한 말인가.

우리 길드원들은 윤리관이 확실— 한 건 아니지만, 최소한은 갖고 있다.

뭐, 내버려두지는 않는 건가?

"슈도 묵는 건가요……."

아코는 으으음, 하고 조금 고민했다.

"……괜찮네요!"

괜찮은 거냐.

"아코는 화낼 거라 생각했는데?"

"친구가 묵으러 오는 건 처음이거든요."

"어제 니시무라가 묵었잖아."

"루시안은 다른 의미로 기뻤지만, 친구와는 다르잖아요."

"성별이 다르면 감상도 다르니까."

나도 아코가 처음 우리 집에 왔을 때 조금 두근두근했었고.

"그럼 오늘은 세가와가 묵는다는 거지?"

"그래. 실례할게."

"느긋하게 보내주세요."

그래그래. 그거 다행이네.

"그럼 나는 돌아갈까……."

"어째서인가요?!"

"어째서 그렇게 되는데."

"어째서 막는 건데."

「WHY」의 삼연성(三連星)이었다.

그야 이유는 간단하지.

"아코가 제대로 생활하면 되는 거니까, 세가와 혼자라도 충분하잖아."

"안 되거든요! 부부의 집에 친구가 놀러온다는 기분인데, 갑자기 남편이 없어지면 곤란하잖아요!"

"넌 정말 가만히 좀 있어봐."

"화제의 중심은 저거든요?!"

"그렇긴 하지만 조용히 있어."

발끈하던 아코가 냐우우우~! 하고 이상한 소리를 지르며 침묵했다.

"니시무라가 없으면 안 되는 이유는 무척 많지만, 일단은 너, 방금 여동생한테 합숙이라고 변명했었잖아."

"아, 그랬었지!"

나는 합숙이란 설정의 기간이 끝날 때까지 집에 돌아가지 못하지!

"게다가 나만 있으면, 은근히 애랑 같이 빈둥거릴 것 같거든."

"여자뿐이라면 긴장이 풀리는 건가?"

"게다가 나는 내일부터 예정이 있으니까, 오늘 밤밖에 있을 수 없다고."

"한 번 돌아가도, 내일 다시 와야 하는 건가……."

세가와도 바쁘니까.

"그럼 역시 루시안도 묵어요!"

"그렇게 해."

"상관은 없지만…… 세가와 넌 나랑 같이 있어도 괜찮겠어?"

"합숙 때마다 같이 묵었잖아."

"그야 그렇지만……."

그건 이벤트라고나 할까, 특별하잖아.

그렇게 생각하는 내게 세가와는 조금 어이없다는 표정을 지었다.

"그보다 몇 년이나 알고 지냈잖아. 이제 와서 사양하는 거야?"

"게임을 포함하면, 알고 지낸지 벌써 3년차에 들어가긴 하지."

"그렇다니까. 딱히 너랑 둘만 있더라도 괜찮다고."

세가와가 그렇게 말한 순간, 아코가 벌떡 일어섰다.

"그건 안 돼요!"

그리고 양손을 파이팅 포즈처럼 꽉 쥐며 말했다.

"허락할 수 있는 거랑 허락할 수 없는 게 있거든요?! 저도 화낼 때는 화낸다고요!"

"안 할 거니까 괜찮다고."

"아코가 화내는 건 니시무라가 바람피울 때 정도잖아."

세가와는 쓴웃음을 짓고는 기세 좋게 소파에서 일어났다.

"그럼, 오늘은 잘 부탁해. 시시한 골든 위크가 즐거워졌어."

"네~."

"오우."

그때, 거실 시계가 데엥~ 하고 소리를 냈다.

"오, 마침 열두 시인가?"

"정오네요. 식사 준비할까요?"

"아침 식사가 늦었으니까 아직 배가 고프진 않은데……."

"……그보다, 고정 웨이브가 열두 시 아니었어?"

웨이브?

웨이브, 웨이브…….

"고정 웨이브…… 으음, 아, 아아, 아아아아아아아아!"

그랬었지!

우리, 게임에 있는 니시무라 가를 지켜야만 했었지!

"잊고 있었어요!"

"빨리 방어하러 가자!"

"너희들, 아직 준비하지 않았었어?!"

"풀 뽑기 하다가 돌아와서 대기할 예정이었다고!"

왠지 이런저런 일이 생긴 뒤에 끝나버려서 준비가 뒷전으로 미뤄졌다고!

셋이서 서둘러 아코의 방으로 달려갔다.

컴퓨터 책상으로 달려간 아코 뒤에서 나도 테이블 앞에 앉았다.

재빨리 노트북 전원을 넣고…… 아아, 빨리 켜져라!

"있잖아, PC 한 대 남는 거 없어?"

아코 옆에 선 세가와가 느긋하게 말했다.

"그렇게 몇 대나 있지 않다고요!"

"어쩔 수 없네. 나의 슈바인 님을 쓰도록 해."

"빌릴게요!"

옆에서 패스워드를 입력한 세가와가 아코의 컴퓨터로 로그인했다.

이크, 보고 있을 때가 아니지. 나도 노트북으로 로그인했다.

서둘러 들어가자 벌써 전투가 시작되어서 함정이 전력으로 가동하고 있었다.

포와링, 고블린과 함께 오크도 출현한 모양이다.

그것도 엄청난 숫자다. 평범하게 쓰러뜨린다고 해도 광역공격이 없으면 귀찮을 것 같다.

“어찌어찌 입구 함정으로 막고는 있지만, 꽤 아슬아슬하네.”
“우와, 함정이 두들겨 맞고 있어!”
“오크는 함정을 꽤 공격하네.”
조작하는 쪽이 아니다 보니 오늘의 세가와는 태평하다.
그렇게 멍하니 있을 상황이 아니라니까!
“자, 아코, 슈바인을 쓰고 있으니까 공격! 공격!”
“어어, 공격 스킬이 어떤 건가요?”
“스킬은 대부분 공격 스킬이니까, 대충 연타해.”
“그럼…… 에잇!”
아코가 스킬 하나를 고르자 빛과 함께 슈바인이 드래곤으로 변신했다.
그대로 아무도 없는 공간을 불로 태워버렸다. 우와, 쓸데없어.
“왜 첫타가 드래소인 거야, 아깝게!”
“가장 강해보이는 아이콘이었다고요!”
“그런 소리 하는 사이에 고블린이 빠져나왔거든?! 쫓아가!”
놀고 있는 두 사람을 내버려두고 나는 방패와 검을 휘둘렀다.
입구를 빠져나온 뒤에는 아무것도 없으니까 자칫하면 현관을 공격당할 수도 있었다.
다행히 많은 수에 비해 적이 약해서 내 공격으로도 쓰러뜨릴 수 있었다.

전부는 도저히 무리지만…… 함정이 있으면 어찌어찌…….

“어쩌죠? 오크도 고블린도 함정을 공격해서, 요정의 수리가 따라가지 못할지도 몰라요.”

“아, 그쪽도 힘들어 보이네.”

빠져나간 고블린을 처리하면서 보자, 철구 함정이 하나 파괴되고 있었다. 젠장, 그거 만드는 데도 소재 쓴다고!

“미끼용으로 바리케이드를 놔서 그걸 때리게 만들까? 내 구력만큼은 좀 되니까.”

“괜찮네. 정면에 길을 막지 않을 정도로 바리케이드를 만들까?”

“그럼 바리케이드가 저절로 고쳐지게 회복의 샘을 놓고…… 아아, 이 아이, 제가 아니었죠!”

“바리케이드 주변에 공격 함정을 놓자. 어제 조금 추가로 만들어놨으니까.”

“이쪽인가요?”

“왜 공격 범위가 끄트머리에 닿게 놓는 건데! 가능한 한 최대 범위에 맞도록 생각해서—.”

세가와 선생님의 강의도 있어서, 어찌어찌 고정 웨이브 방어에 성공했다.

위험해 위험해. 조금만 더 로그인이 늦었다면 위험했다.

“아무튼 요격은 성공이네.”

“어찌어찌 되긴 했지만, 힘드네.”

"다음 고정 웨이브는 밤 아홉 시였죠?"

퀘스트란에는 그렇게 표시되어 있다.

다음 웨이브, 막을 수 있을까? 조금 자신이 없는데…….

"점점 힘들어지네."

"이제 두 번째인데 이거라고. 괜찮을까?"

"안 되면 안 되는대로 괜찮지 않을까……."

"저는 제대로 집을 지키겠어요!"

"이런 이벤트에 진지하게 임해서 어쩔 거야……."

태평하게 말한 세가와는 침대에서 데굴데굴 굴렀다.

아아, 왠지 긴장이 풀려있다 했더니, 세가와는 그렇게까지 집에 집착하진 않는구나.

"그럼, 밤까지 뭐할까?"

"온라인 게임을 하려고 해도 컴퓨터가 부족하니까."

"다른 게임 없어? 니시무라네 집에는 게임기 있었는데."

"컴퓨터밖에 없어요오."

아코네 집에는 게임기 같은 거 전혀 없다니까.

뭐, 외동딸밖에 없는 집이니까, 없는 게 당연할지도 모르지만.

"으음, 그럼 나는 만화책이라도 읽을까…… 어라?"

그때, 세가와가 책장에서 두꺼운 책을 꺼냈다.

표면에는, Album……?

"이거 앨범이지?"

"윽! 그건 안 돼요!"
눈치챈 아코가 황급히 의자에서 일어났다.
그렇다면 진짜로 아코 건가!
"아코의 앨범? 나도 보고 싶어, 보고 싶어!"
"기다려주세요, 기다려주세요, 정말로 안 되는 거라고요!"
"어린 시절의 아코 귀엽네~!"
"우와, 작아!"
뭐야, 이 미니사이즈 아코! 엄청 귀여운데?!
게다가 평범하게 쇼트커트야!
"그렇게 머리가 길지 않아!"
"아직 기르지 않았던 거라고요!"
"생긋 웃고 있네."
아무런 트라우마도 없어 보이는 웃는 얼굴이다…… 아코에게도 이런 시절이 있었던 건가.
"하지만 페이지를 넘겨보니까, 머리가 길어지는 것에 따라서 점점 표정에 그늘이……."
"정말이네. 이후에 뭐가 있었던 걸까?"
"더 이상은 안 돼요!"

††† ††† †††

"하나~ 둘~!"

"셋!"

목소리에 맞춰 카드를 홱 들어서 머리에 댔다.

아코와 세가와도 함께 카드를 들었다.

자기 숫자는 보이지 않지만, 두 사람의 숫자는 알 수 있다.

아코의 이마에 붙은 카드의 숫자는 4.

세가와는 잭…… 11인가. 변함없이 뽑기 운이 좋다.

"훗…… 역시 나와 너의 대결 같네."

세가와가 내 이마에 붙은 카드와 아코의 카드를 비교하며 씨익 웃었다.

그렇다면 내 카드는 아코보다는 강하다는 뜻인가.

"그렇게 되나?"

대답하면서 내 카드를 보는 세가와의 표정을 살폈다.

꽤나 엄숙한 표정— 강한 카드라 봤다!

"좋아, 승부다!"

"나도 승부하겠어!"

"저는 그만둘게요."

좋아, 나머지는 나와 세가와의 숫자 크기로 승부!

"정정당당히!"

"승부야!"

둘이서 카드를 척 내리쳤다.

세가와는 11이고, 나는…… 2?! 2 뭐야?!

"어째서야아아아아아아아아아!"

"호호호호~!"
"나랑 네 승부라고 했었잖아!"
"그걸로 니시무라가 수긍했으니까, 내 숫자가 아코보다는 높다는 걸 알아챘다고. 그거라면 절대로 지지 않잖아?"
"이 연기가 능숙한 여자 같으니라고!"
"오늘은 그 덕분에 도움이 됐으니까 괜찮잖아~?"
그렇긴 하지만, 지면 역시 분하잖아!
"그러니까 제가 안 된다는 표정을 지었잖아요."
아코가 져버린 내게 불만스럽게 투덜댔다.
아니아니, 아코의 얼굴을 보지 않았던 건 일부러 그런 거야.
"아코의 얼굴을 보면 전부 알아채니까 보지 않도록 하고 있었다고."
"나도 그래."
"왜 트럼프에서 제약 플레이를 하고 있는 건가요?!"
그야 그쪽이 재미있으니까.
"……어라? 근데 우리, 평범하게 트럼프로 신나게 즐기고 있지 않아?"
"인디언 포커로 대체 몇 시간을 소모한 거야…… 벌써 밤이네……."
온라인 게임 이후로 그대로 놀고 있어서 완전히 잊고 있었다.
"배고파졌어요. 밥 만들게요~."
영~차! 하고 일어난 아코를 올려다보던 세가와가 활짝 표정을 빛냈다.

"나도 도와줄게!"

"어, 너도 할 거야?"

"왜 그렇게 싫은 표정을 짓는데?"

"……정말인가요?"

"아코까지?!"

아코도 터무니없다는 표정을 짓고 있어!

"그런 제정신을 의심하는 표정 짓지 마, 나도 집에서 연습하고 있으니까."

"일주일에 몇 번 정도인가요?"

"한 달에 두 번 정도?"

아코가 우와, 라는 표정을 지었다.

"우와……."

야, 목소리가 나오잖아.

"기왕이니까 가르쳐줘. 뭔가 만들 수 있게 되고 싶잖아. 같이 만드는 것도 즐거울 거고."

아코는 같이 하자는 말을 들으면 약한데…….

아니나 다를까 마지못해, 하지만 조금 기쁘다는 듯이 대답했다.

"오늘은 일본식인데 괜찮나요?"

"나나코랑 만든 적 있으니까 괜찮아!"

"흠, 뭘 만들었나요?"

"치라시즈시랑 차완무시."

"또 어렵고 복잡한 걸 만들었네요?!"

"부채로 부치고 있었어."

"그것밖에 안 한 거 아닌가요……."

와글와글 떠들면서 주방으로 향하는 두 사람을 배웅했다.

이게 뭐지…… 결혼도 하지 않았는데 가정에서 있을 곳이 없는 아버지 같은 기분을 맛보고 있다만.

"……나도 뭔가 하자."

오늘도 목욕탕 물을 데울 수밖에 없어 보인다.

그로부터 약 한 시간 후.

"완성이야!"

"다, 다 됐어요……."

의기양양한 세가와와 지친 아코가 돌아왔다.

"아코의 생명력이 거의 제로인데? 뭐 했어?"

"도와주고 있었지."

그, 그러십니까.

방해하지 않았다면 괜찮지만.

"저번보다는 나아졌지만, 그만큼 눈을 떼면 위태로웠어요."

"대체 넌 뭘 하려고 했던 거야."

"오리지널리티를 내볼까 해서."

"처음 만드는 요리에 오리지널리티를 내지 말아주세요……."

아코가 축 늘어졌다.

정말로 수고 많았습니다.

그래도 식탁에 차려진 돼지고기 조림, 영양밥, 시금치 무침에 돼지고기 된장국까지 제대로 맛있어 보인다.

"돼지랑 돼지가 겹쳐버렸네."

"무슨 미식가 같은 소리를~."

아무 문제도 없어.

"그럼…… 잘 먹겠습니다."

왠지 맛있어 보이는 영양밥부터 먹어보고자 입에 넣은 순간—.

"영양밥은 내가 지은 거야."

"으엑오읍꾸흡!"

"왜 구역질을 하는 건데!"

"미, 미안. 깜짝 놀라서."

반사적으로.

아니, 맛은 전혀 문제없다고나 할까.

"맛있네."

"정말? 맛있어?"

듣고 보니 왠지 조금 건더기 크기가 가지런하지 않은 기분이 들지만, 확실히 맛있다.

"아, 맛있게 됐네요."

"나도 하면 된다니까!"

세가와가 더블피스를 내밀었다.
굉장하네. 다시 봤어.
"요리 못하는 캐릭터는 반납인가?"
"요즘 요리치는 유행하지 않는다고~."
유행 같은 문제가 아니라고 생각하는데…….
"거봐요, 슈. 이상한 짓 하지 않아도 괜찮잖아요."
그리고 아코가 미묘하게 수상한 발언을 했다.
이상한 짓이라니 뭔데, 이상한 짓이라니?
"하마터면 이상한 짓을 할 뻔했어?"
"딱히 이상한 짓은 안 했는데……."
세가와는 시선을 돌리며 툭 중얼거렸다.
"부엌에 카레가 남아 있었거든."
"그건 안 돼에에에에에에!"
어제의 카레를 발견했던 거냐!
"영양밥에 넣을 뻔했던 거야?!"
"그치만 카레라면 밥하고 잘 맞을 것 같았다고."
이제 카레인지 밥인지 초밥인지 영양밥인지도 모르게 되겠는데?
"카레맛 영양밥이라…… 아니, 확실히 맛있어 보이긴 하지만……."
"처음부터 그럴 생각으로 만드는 거라면 모를까, 마지막에 즉흥적으로 넣어버리면 안 된다고요!"

"알았다니까~. 잠깐 생각해봤을 뿐이야."

미안미안~ 하며 손을 맞대면서도 왠지 미련이 있는 듯한 얼굴이다.

"……세가와, 한번 해보면 맛있을지도 모른다고 생각하고 있지?"

"돌아가면 시험해볼래."

이 녀석, 진지해. 진지하게 카레맛 영양밥을 만들 생각이야.

"카레 영양밥을 만들 생각으로 처음부터 만들어주세요? 마지막에 카레 루나 카레를 넣으면 OK인 게 아니거든요?"

"오케이, 오케이~."

아코는 마지막까지 걱정스러워 보였다.

나머지는 아코가 메인으로 만든 건지 평범하게 맛있었다.

왠지 이 이상한 방향으로 가지 않고 무난하게 맛있는 부분이 아코다워서 기쁘다.

"잘 먹었습니다."

손을 맞댔다.

"저기, 벌써 목욕탕 물 데웠어?"

"데워놨어."

"나이스, 니시무라!"

세가와는 나를 가리키고는 아코의 어깨를 홱 끌었다.

"자, 아코. 같이 들어가자~!"

"저는 루시안과 들어갈 테니까……."

"그래그래~."

"무시하지 말아주세요오."

말은 그렇게 하면서도 순순히 따라가는 걸 보면 아코도 내키는 모양이다.

지친 듯한 표정이지만, 친구랑 왁자지껄 요리하는 게 즐거웠던 걸까.

자신의 특기분야에 다른 사람이 참가하는 건 아코에게는 드문 일이었을 테니까.

"……이럴 때 오늘이야말로 내가 정리해야지."

어제 하지 못했던 정리를 해주겠어!

그런 의욕에 넘쳐 주방에 들어갔는데—.

"……뭐야, 이거."

그곳은 마계였다.

수많은 냄비와 접시, 명백하게 쓰지 않을 것 같은 조리도구가 싱크대에 들어있고, 다 들어가지 못한 것들이 조리대에까지 놓여 있었다.

아코 혼자라면 절대로 이런 일을 하지 않는다.

그리고 아마, 세가와 혼자라도 이렇게는 되지 않을 테니까…….

"아코, 으스대면서 이것저것 가르쳐줬구나……."

왠지 시간이 오래 걸린다 싶더라니.

이걸 다 정리해야 하나…….

"꺄앗!"
"위험하니까 날뛰지 마!"
"거기, 거기는 안 돼요!"
"그냥 등이잖아!"
멀리서 두 사람이 떠드는 소리가 들렸다. 즐거워 보이네~.
"……일단 압력밥솥부터 갈까."
두 사람이 나오기 전까지 열심히 정리해야지.

††† ††† †††

"자, 방어야!"
"오오!"
깔맞춤한 잠옷을 입은 아코와 세가와가 주먹을 들었다.
이제 곧 밤의 고정 웨이브 시간이다.
"대미지를 조금 받았네."
"아직 완전 방치로는 위험하겠어."
랜덤 웨이브가 왔었는지 함정의 소모가 심했다.
"고정 웨이브는 물론이고, 후반에는 랜덤 웨이브도 자력으로 방어하지 않으면 어려울지도 모르겠어."
"성가시네."
말은 이렇지만, 우선은 눈앞의 적을 어떻게든 처리해야지.
개시 시간이 되자, 오른쪽 하단에 웨이브 스타트 팝업이 떴다.

집 주변에 출현한 몬스터가 슬금슬금 다가왔다. 익숙한 광경이 시작된다.

"으음, 포와링이 줄어들고 고블린이 늘어났네."

"저건 데저트 울프인가요?"

"기갓치도 있는데?"

적의 평균 레벨이 오른 것 말고도, 늑대 몬스터 데저트 울프나, 기계 몬스터 기가 볼트가 추가되었다.

울프는 발이 빠르고, 기가 볼트는 물리공격에 강하다. 저런 특성이 있는 적이 오면 성가셔지는데!

"우왓, 기갓치 단단해! 함정으로는 안 죽어!"

"울프가 빠져나오고 있어요!"

거봐, 역시 문제가 생기잖아!

"나랑 아코는 울프를 잡을게, 슈는 기갓치를 부탁해!"

"나 로그인 안하고 있잖아."

"그랬었지이이이이이이!"

이 녀석, 컴퓨터가 없으니까 보고만 있을 뿐이었어!

"아코, 위험해지면 슈랑 체인지해줘! 아슬아슬할 때까지 함정 수리를 부탁해!"

"네~."

"차례 멀었어~?"

느긋하게 말하기는!

"젠장, 딜이 부족해! 적의 진행을 방해하면서 가능한 한 함정으로 약체화시키겠어!"

"집 바깥에 대충 바닥없는 늪을 깔지 그래?"

"그렇게 멀리까지는 못 깔아!"

일단 함정도 집 시설이니까 집 부지 바깥에는 설치하지 못한다고!

공격의 히트 스톱이나 넉백 기술을 구사해서 아슬아슬하게 방어를 이어갔다.

그러나 전부 쓰러뜨리는 건 역시 힘들었다.

"빠져나갔어!"

"아아, 현관까지 가버렸어요!"

"막아!"

▶건물이 공격을 받고 있습니다.◀

울프가 으적으적 현관문을 씹고 있어! 주의 메시지가 나오고 있으니까 위험하다는 뜻이잖아!

"역시 집의 벽을 부수지 않고 입구로 오네. 집 안에도 함정을 설치할 수 있을까?"

"집이 더러워지잖아요오."

"그런 말 할 때냐! 지키지 못하면 부서진다고!"

서둘러 울프를 막기 위해 정원을 내달렸다.

그때, 콰앙! 하는 무거운 효과음이 들렸다. 동시에 아수라 봉황각! 이라는 커다란 이펙트도.

◆슈슈 : 어라? 이거 그냥 데저트 울프?

◆미캉 : 보스로 보였어?

◆슈슈 : 큰일인 것 같아서 강한 건가 생각했는걸.

◆루시안 : 미즈키!

이런 변경의 집까지 일부러 와준 건가!

◆슈슈 : 오빠! 본명본명!

이런, 그랬지.

◆루시안 : 잘 와주었다, 여동생아!

◆슈슈 : 역시 집을 방어하고 있었네. 오빠네는 집이 이상한 곳에 있으니까 큰일이겠구나 싶어서.

태평하게 웃은 미즈키가 추가로 온 울프 다섯 마리 정도를 날려버렸다.

어째서지……. 게임이라는 건 알고 있지만, 여동생이 조금 무섭다.

◆미캉 : 놀러왔어요.

◆아코 : 어서 와요~.

아직 레벨이 낮은 미캉. 이쪽은 그저 견학이다.

몬스터의 시체가 조금 넘쳐날 정도로 흩어져 있지만, 느긋하게 있다 가.

◆루시안 : 꽤 힘들었거든. 조금 도와주지 않을래?

◆슈슈 : 이거 전부 쓰러뜨리면 돼?

◆루시안 : 그래그래~.

◆슈슈 : 그럼, 에~잇!

미즈키는 근처에 온 적을 퍽퍽 두들겼다.

만능형인 몽크는 믿음직하다. 조금 편해지긴 했지만, 그럼에도 점점 적이 몰려왔다.

입구의 슈바인 개막 격추 존에서 싸우지 못하게 되어서 더욱 힘들었다. 현관 앞에는 아무것도 없어서 우리만으로 쓰러뜨려야 하니 말이다.

"우우, 이제 한계에요!"

"에에잇, 세가와 교대!"

"체인지네. 알았어!"

아코와 터치해서 세가와가 책상에 앉았다.

집 앞에서 아코가 사라지고, 모니터가 로그인 화면으로 돌아왔다.

"내가 갈 때까지 열심히 버텨봐!"

"서둘러!"

공격 몇 번이면 쓰러뜨릴 수 있는 몬스터지만, 숫자가 많아서 섬멸이 미처 따라가질 못해! 울프가 점점 늘어나고 있어! 이제 막아낼 수 없다고!

"문이 부서지겠어!"

◆슈바인 : 오래 기다렸지! 받아라! 분노의 대검!

슈바인 님이 왔다!

슈가 대검을 란란 휘두르며 단숨에 주변의 적을 쓸어버렸다.

◆슈바인 : 드래곤 소울!

드래곤으로 변신한 슈가 불꽃을 뿜어서 정원으로 다가오던 적들을 녹여버리듯이 없애버렸다.

◆아코 : 수리 끝났어요.

◆루시안 : 수고했어. 이쪽도 늪하고 눈보라 위치를 바꿔봤어.

"가능한 한 적은 숫자로 효율 좋게 쓰러뜨리고 싶은데."

◆슈슈 : 큰일인 것 같네.

◆아코 : 아내로서 집을 지키는 건 중요하니까요!

아코가 씨익 하고 가슴을 폈다.

◆미캉 : 선배, 지키지 못했는데요.

◆아코 : 하웃!

후배의 차가운 한마디! 효과는 굉장했다!

◆슈슈 : 그럼 이제 도와주는 건 됐어?

◆루시안 : 그래. 땡큐!

◆슈슈 : 미캉, 아이스크림 먹으러 가자.

◆미캉 : 응.

어? 아이스크림?

◆루시안 : 어라? 두 사람 같이 있는 거야?

◆슈슈 : 오빠가 없으니까, 우리 집에서 묵고 있어.

◆루시안 : 호오~.

괜찮네. 즐거워 보여서.

어라? 하지만 우리 집에 컴퓨터가 그렇게 많았던가?

◆루시안 : 아버지 컴퓨터로 게임하고 있는 거야?

◆슈슈 : 아니, 오빠 거.

◆루시안 : 야, 기다려.

그러고 보니 잠가두지 않았어!

그렇다면, 미즈키가 내 방에서 노트북을 가져온 거냐!

오빠 방에 멋대로 들어오다니, 이러니까 여동생은—.

◆루시안 : 참고로 어느 쪽이 내 컴퓨터를 쓰고 있는데?

◆미캉 : 저요.

◆루시안 : 좋아, 후타바. 절대로 하드디스크의 내용물을 확인해선 안 돼.

◆미캉 : 미안해요.

벌써 늦어버린 건가?!

"뭐야뭐야?! 뭐가 저장되어 있는데?!"

"가르쳐 주세요, 루시안!"

"없어! 아무것도 안 들어있거든?!"

◆미캉 : 하지만 생각보다 재미있는 건 없었어요.

◆슈슈 : 오빠는 그런 부분이 재미없다니까~.

네가 멋대로 방에 들어와서 그렇잖아!

들키니까 이상한 파일은 내버려두지 않는다고!

◆루시안 : 에잇~, 이 발랑 까진 녀석들, 당장 자!

◆슈슈 : 바이바~이.

◆미캉 : 조금 더 뒤져볼게요.

◆루시안 : 그만두라고 했잖아!

두 사람은 즐거워하며 돌아갔다.

“저쪽도 저쪽대로 즐거워 보이네.”

“묵을 거라면 내가 없는 쪽이 편하겠지.”

뭐, 아버지는 편하지 않겠지만.

“그래도 여동생이 우연찮게 와주지 않았다면 위험했겠네.”

“공격용 함정을 늘릴까?”

“으음, 내 함정을 늘려도, 물리 방어가 높은 기갓치나 발이 빠른 울프가 빠져나가는 건 변함없을 것 같아.”

확실히 슈가 설치하는 함정은 쿨타임이 긴 게 많단 말이지.

“고블린도 빠져나갈 정도였으니까요.”

“내일 낮에는 마스터가 있잖아? 그쪽 함정에서 좋은 걸 찾아봐.”

“그래야겠네. 고마워.”

아, 내일은 마스터가 있나? 이제 와서 알게 됐네.

“아아, 지쳤어.”

“지쳤어요.”

세가와가 으음! 하고 크게 기지개를 켰다. 그걸 보면서 아코도 흉내를 내듯이 기지개를 켰다.

“어제 제대로 자질 못해서, 벌써 졸리네.”

“누구 탓인가요…….”

"너희랑 나지."

지당한 말씀이십니다.

"슬슬 잘까요? 랜덤 웨이브가 오면 알 수 있도록 AFK[#3]인 채로 놔두면 되겠죠?"

"전기세 아까워……."

"집이 더 중요해요."

네가 괜찮다면 그래도 되겠지만.

그럼 잘까 해서 준비하고 있는데—.

정신이 들고 보니, 나는 아코 방에 깔린 이불에 앉아있었다.

"너 부드러운 매트리스 쓰네."

"딱딱하면 자기 불편하잖아요?"

"나는 반탄력이 높은 쪽이 좋아."

그리고 바로 옆 침대에는 아코랑 세가와가 사이좋게 누웠다.

"……어째서 이렇게 됐지."

"뭐가요?"

"전부야, 전부!"

왜 나도 같이 방에서 자는 건데?!

"어쩔 수 없잖아, 이불이 하나밖에 없으니까."

"그건 문제가 아냐."

여관도 아니고 그렇게 대량의 이불이 있을 리가 없으니까.

#3 AFK 사용자가 잠시 자리를 비웠음을 뜻하는 채팅용어. 「키보드에서 떠나 있음(Away From Keyboard)」의 줄임말.

“나는 거실 소파 같은 걸로도 괜찮잖아.”

아코의 아버지가 쓰는 침대를 쓸 바에는 소파에서 자는 편이 마음이 편하고.

굶아떨어지면 책상에서 잘 정도니까, 바닥이라도 그냥 잘 수 있다. 경험치 보너스 목적으로 인터넷 카페에서 잘 때도 있다. 온라인 게이머는 수면 환경에 강하단 말이지.

“그런 건 안 돼요.”

“맞아. 소파에서는 피로가 안 풀리잖아. 게임이 아니니까, 어디에서든 잔다고 회복할 수 있는 게 아니거든?”

“가치에 따라서 회복량이 변하는 여관 같은 시스템이네요.”

이 상황에서 전혀 진정되지 않으니까, 완전 회복할지는 미심쩍거든?

“아무리 그래도 남녀 한 방은 좋지 않잖아.”

“이쪽이 두 사람이니까 아무 위험도 없잖아.”

“원래부터 위험 같은 건 없어!”

이렇게 안전한 나를 두고 실례네!

“오히려 아코가 더 위험인물이야.”

“그러네요!”

“수긍하지 말라고?!”

“문제는 그거야.”

침대 위에서 세가와가 고개를 끄덕였다.

“내가 잠든 사이에 니시무라 쪽으로 도망칠 바에는, 같은 방으로 참으라고.”

“루시안과 둘이서 행복한 밤을 맞이해야 하는데……!”

아코는 분한 듯이 말하고는—.

“하지만 모두 함께 자는 것도 즐거울 것 같아요.”

“타협의 결과라고 말하니까 열 받네.”

“농담이에요오.”

“거짓말하지 마! 본심인 주제에!”

“꺄아앗!”

세가와가 아코를 넘어뜨려서 마구마구 얽혔다.

잠옷으로 갈아입은 두 사람이 장난치는 모습에 흐뭇하다. 부럽다. 샘난다.

“너도 낄래?”

“낀다고 하면 변태라고 말할 거잖아! 알고 있거든?!”

“그렇게 필사적으로 따지지 마. 미안하다니까.”

세가와가 웃으면서 아코를 밀쳐냈다.

아코는 그대로 축 늘어졌다.

“졸려요~.”

“그럼 어서 자.”

“잘 때까지 이야기해요.”

“그래그래~.”

“그럼 불 끈다~.”

불을 끄고 나도 이불에 누웠다.

어슴푸레한 가운데, 모니터만 끈 컴퓨터가 약간의 빛과 구동음을 내는 중이다.

익숙하지 않은 빌린 이불의 냄새 속에서, 방 안을 감싸는 여자아이의 향기가 섞여서 역시 진정이 되지 않았다.

"그래서, 무슨 이야기를 할까요? 연애 이야기인가요?"

아코가 활기차게 말했다.

너, 이 상황을 실컷 즐길 생각이네.

"이 멤버로 연애 이야기라니, 내가 일방적으로 손해잖아."

"어째서인가요?"

"너희의 염장질 이야기를 듣는 것도 모자라 폭로 이야기까지 듣는 내 입장이 되어보라고!"

"에이, 그치만 슈, 인기 많잖아요? 이것저것 있지 않나요?"

이 흐름, 세가와가 산제물이 되는 분위기인가!

"그러고 보니 고백을 받기도 했었던가……?"

"너까지……."

세가와는 힐끔 내 쪽을 보면서 살짝 한숨을 내쉬었다.

"전에는 있었지만, 요즘은 그다지 없어."

"그래? 하지만 나, 세가와를 소개해달라고 다른 남자애한테 부탁받은 적 있는데."

"뭐? 언제 이야기야?"

"2학년이 되고 나서."

"요즘이네요."

"하지만 너, 그런 소리 한 적 없었잖아."

"그야 거절했으니까."

나 같은 걸 통해서 하지 말고 직접 말하는 편이 낫다고 거절했었다.

"어라, 눈치가 있네. 잘 알고 있잖아."

거절할 생각이 가득한 건지, 세가와는 기분 좋게 고개를 끄덕였다.

세가와는 그렇게 남한테 말을 전해달라는 녀석을 싫어하니까, 선의로 그만두라고 말했던 건데?

"전에 사귀는 사람이 있었다든가, 그런 거 없나요?"

"몇 번이나 말하지만 남자친구 없었던 경력=나이야."

"슬~픔~의~."

"남자친구, 아무도 없잖아요."

"그만두라고."

나이스 보트.

"그럼, 슈의 첫사랑 같은 거 듣고 싶어요."

비몽사몽한지 아코가 멍한 목소리로 물었다. 이제 꽤나 잠의 세계로 떨어진 것 같다.

그런 아코에게, 세가와가 진지하게 답했다.

"오히려 첫사랑을 했던 기억도 없어."

"첫사랑도 아직인가요?"

"유치원 다닐 때에는 있었을지도 모르지만, 기억 안 나고."

"이 사람이 좋을지도, 라고 생각한 적 없나요?"

"내가 보기에는, 좋아한다고 자신감을 갖고 말하는 부분을 잘 모르겠어."

어둠에 익숙해진 눈에, 세가와가 한손을 천장에 뻗는 것이 보였다.

"오히려 어때? 이 사람이 좋다고 생각하는 마음이라는 거."

그 말에, 아코는—.

"……쿠울."

"…………."

자, 자는 소리다!

자고 있어! 이야기를 띄워놓고 대놓고 자고 있어!

"……저기, 니시무라."

천천히, 세가와가 침대 위에서 일어났다.

나를 보며, 어둠속에서도 알 수 있을 정도로 떨떠름한 표정으로 말했다.

"얘, 이 타이밍에 자버렸는데?"

"역시나네. 아코."

"정직하게 대답한 게 바보 같잖아……."

세가와는 빙글, 몸을 틀어서 침대 구석에 엎드렸다.

그리고 그대로 고개만 침대 아래, 내 쪽으로 돌렸다.

"그래서, 너는?"

"나도 잘 건데."

"그게 아니라. 네 연애 토크 말이야."

"나한테 연애 이야기를 돌리는 거냐?!"

그 이야기는 끝난 거 아니었어?!

"나만 말하면 손해 같잖아!"

손익 문제냐고!

이해는 하지만, 왠지 부족하다는 느낌이 들긴 하지만!

"뭘 묻는 건데? 첫사랑 이야기?"

"어차피 2차원이잖아."

"잘 알고 있네."

어린 시절에 했던 RPG의 히로인이 무지 귀여웠다고.

단지 그 아련한 첫사랑은, 게임 속 캐릭터가 당시 나보다 나이가 네 배 이상 많다는 걸 알게 되면서 무참하게 깨져버렸지만— 지금 생각하면 아직 풋풋했네. 어린 시절의 나! 오히려 포상이잖아!

"뭔가 바보 같은 생각 하고 있지 않아?"

"조금은."

이렇게 어두운데 용케도 알아챘네.

"뭐, 그건 됐으니까. 듣고 싶은 건 아코의 이야기일까?"

세가와가 이쪽을 보고 있는 건 알고 있지만, 표정까지는 보이지 않았다.

근데 나와 아코의 이야기라니, 이제 와서 들을 게 있나?

"저기, 너. 어째서 아코를 좋아하게 된 건데?"

"푸흐업!"

설마 그걸 물어봐?!

"너, 터무니없는 걸 물어보네!"

"얼굴이 보이지 않을 때 정도가 아니면 못 물어보잖아."

그렇다고 글로 묻는 것도 조금 그렇고, 라며 세가와는 쓴 웃음을 지었다.

그야 뭐, 채팅으로 물어도 대충 얼버무리겠지만.

이 시추에이션에서 세가와가 진지하게 답해줬으니까, 나도 제대로 대답하지 않으면 안 되겠지만…….

"어째서 아코를, 이라 물으면…… 으~음, 뭐라 말해야 좋을까……."

말로 하는 게 어렵단 말이지.

고민하던 내게 세가와가 말했다.

"뭐야, 귀여운 애가 자기를 잘 따르니까 좋아하게 됐을 뿐, 이라든가?"

"……그런 면도 없지는 않다고 생각하지만."

아코는 내게는 어울리지 않을 정도로 귀엽다고 생각하니, 부정할 수는 없다.

"하지만 봐봐, 나를 잘 따르는 귀여운 고양이와, 나를 잘 따르는 이상한 얼굴의 고양이 중에, 딱히 어느 쪽을 더 좋아하거나 그런 건 없잖아."

"그건 고양이라서 그렇지."

"아코도 비슷한 셈인 거야."

외모가 예쁜지 아닌지는, 좋아한다고 생각하는 이유에 큰 관련이 없어.

이건 거짓말이 아니라 진짜다.

"그럼 어째서? 첫눈에 반한 것도 아니잖아?"

"……아코한테는 절대 말하지 마라?"

"말 안 해, 말 안 해."

"절대로?"

"절대로, 절대라니까?"

중요한 거니까 두 번 확인했다.

"보통은 말이지, 게임하고 현실은 다르다고 하지만…… 이러니저러니 해도, 나랑 아코의 스타트 지점은 온라인 게임이잖아?"

"그렇지."

세가와의 목소리에 숨기지 못한 두근두근 느낌이 묻어나오고 있다만.

즐거워하기는, 제길—.

"나랑 아코는 온라인 게임 속에서, 1년 이상에 걸쳐 친해졌어."

처음부터 지금처럼 사이가 좋았던 건 아니다.

조심조심 살피며 이야기하던 때부터 조금씩 서로를 알게 돼서, 정신이 들고 보니 이렇게 됐다.

"그래서 좋아하게 된 이유가 이거다! 라고 멋있게 이야기할 수 있는 일이라든가, 충격적인 사건이라든가, 운명적인 만남이라든가— 그런 건, 나랑 아코에게는 없어."

"……응."

"아코는 귀찮지만 재미있는 녀석이고, 태평하지만 섬세하고, 허접하지만 미안해하지 않고, 내 싫은 부분도 엄청 알고 있을 텐데, 줄곧 함께 있어주고……."

좋아하게 된 결과로서 같이 있게 된 게 아니다.

같이 지내게 된 결과로서 좋아하게 되었다, 그런 느낌이다.

"줄곧 함께 있고, 앞으로도 함께 지내고 싶다고 생각했으니까, 그래서 좋아하게 된 거라 생각해."

"……아코도 비슷한 소리를 했었던 것 같은데."

"그런가."

아코는 언제 나를 좋아하게 된 걸까…… 그런 건 신경 쓰이지만, 그건 우선 내버려두자.

"그러니까 어쩔 수 없어. 처음 만났을 때, 그곳에 있는 게 내가 알고 있는 아코였다면, 나는 분명 좋아하게 됐을 거야. 한 번은 좋아하게 됐으니까."

이미 클리어한 게임처럼, 최단 코스로 공략당할 게 틀림없다.

내가 좋아하게 된 아코가 눈앞에 있다면, 좋아하지 않을 이유가 없다.

"그게 이유, 일까."

왠지 분위기 타서 부끄러운 소리를 해버렸네.

적어도 웃어줬으면 했는데, 세가와의 리액션은 딱히 없었다.

"……뭐라 말 좀 해봐."

"……."

"어라? 세가와? 자냐?"

"우웁…… 우에엑……."

"왜 토할 것 같은데?!"

"입에서 설탕이 튀어나올 것 같아."

"그렇게 달콤한 이야기였던가?!"

그보다 그 위치에서 토하지 말라고?! 나한테 직격 코스거든?!

"아코라면 몰라도, 니시무라한테 기습을 당할 줄은 몰랐단 말이야."

"네가 물어본 거잖아!"

"그렇긴 한데, 아코가 귀여우니까 좋아하게 된 거지~ 라는 바보 같은 대답이 돌아올 줄 알았는걸."

"나를 대체 뭐라고 생각하는 거야……."

"니시무라지."

"네 화면에서는 내 스테이터스가 대체 어떻게 되는 건데?"

너무 실례 아냐? 나라도 이것저것 생각하며 살고 있거든?

세가와는 노려보는 나를 보면서 킥킥 웃었다.

"하지만, 그래. 너한테는 충격적인 사건으로 운명처럼 만난 사람보다, 시간을 들여서 마음속에 들어온 상대가 더 맞을지도 모르겠다."

"안정 지향이니까."

"한심할 뿐이잖아."

세가와는 그렇게 말하며 몸을 돌려 모로 누웠다.

어둠 속에서도 옆모습만이 살짝 보이는, 그 정도의 거리…….

"그래도 니시무라."

세가와는 감정이 비치지 않는, 조용한 목소리로 말했다.

"아코는 게임의 아코 그대로, 너를 무척 좋아하는 아이였지만. 만약 현실의 아코가 너를 좋아하지 않았다면…… 그래도 걔를 좋아했을까?"

"……글쎄."

아코가 현실의 아코 그대로인데, 그런데도 나를 좋아하지 않았다면—.

그런 아코를, 나는 좋아하게 되었을까.

가정의 이야기에는 대답할 수 없습니다, 라고 말하고 싶긴 하지만…….

"모르겠어, 일까……."

"모르는 거야?"

"모르지."

아코는 내가 프러포즈를 거절했어도 계속해서 좋아한다

고 말해줬다.

고백을 거절당한 걸로 간단히 꺾여버린 내가, 자신을 좋아하지 않는다고 말하는 상대를 좋아할 수 있을까? 솔직히 말해서 모른다.

"그렇다니까. 그런 것도 모르니까, 그러니까 나는……."

"……으응."

"윽?!"

"윽!"

우오옷?!

자고 있던 아코가 부스럭 하고 움직였어!

설마 지금 이야기 다 듣고 있었나?!

"……."

"……."

굳어진 채로 조심조심 둘이서 아코의 모습을 살피자—.

"……우히히히히……."

이상한 잠꼬대가…….

자고 있는 거냐…… 아아, 놀랐네…….

"하아……."

"깜짝 놀랐네."

네가 이상한 이야기를 해서 그렇잖아. 정말이지—.

"이제 잘래! 잘 자!"

"그래그래, 잘 자. 좋은 소재가 될 이야기 잘 들었어~."

"절대 아무한테도 말하면 안 된다? 절대로?"

"우후후~."

이야기하는 게 아니었어!

그런 식으로 대화를 멈추고 몇 분 후.

오래 지나지 않아 세가와 쪽에서도 숨소리가 들리기 시작했다.

나도 졸린데, 이 상황에서 곧바로 잘 수 있을 것 같지 않았다.

차라리 혼자 거실에라도 갈까…….

슬그머니 일어나서, 자고 있는 두 사람에게 시선을 보냈다.

"……우엣헤헤……."

"으그…… 으으응……."

조금 쌀쌀한지 세가와가 아코의 품속으로 들어가서, 둘이서 딱 달라붙어 자고 있었다.

왠지 이쪽까지 졸려오는, 행복한 잠자리였다.

"……자자."

나도 다시 한 번 그 자리에 누웠다.

딱히 깊은 의미가 있었던 건 아니다.

하지만 어차피 잘 거라면 두 사람 근처가 좋을 것 같았다.

††† ††† †††

"간다? 괜찮지?"

"기다려주세요. 저 처음이라, 마음의 준비가—."

"이라도 악물고 있어."

왠지 아코와 세가와가 합체해서 탄생한 초전사 아슈바인코와 전투를 벌이게 되었다는 영문 모를 꿈을 꾸고 있는데, 그런 대화가 들려왔다.

"으음……."

어어, 뭐였더라. 아슈바인코의 필살기 드래곤 힐은 주변을 쓸데없이 화려하게 힐해주는 거였으니까…….

아아, 이게 아니고. 나는 아코네 집에서, 아코랑 세가와하고 혼숙을 해서…….

"벌써 아침……?"

살짝 눈을 뜬 그 순간—.

깡깡깡깡깡깡!

콩콩콩콩콩콩!

"일어나아~."

"일어나주세요~."

"우와아아아아아아아아아?!"

뭐야, 이 소리?!

쓸데없이 귀청을 때리는 새된 소리에 벌떡 일어나자, 그곳에는 프라이팬과 주걱을 손에 든 두 사람이 있었다.
"……뭐하는 거야?"
"좋은 아침."
까~앙.
"좋은 아침이에요. 루시안."
코~옹.
인사과 함께 두 사람의 손에서 시끄러운 소리가 났다.
왜 이렇게 시끄럽게 깨우는 건데?!
"……딱히 못 일어나는 편도 아니니까, 평범하게 깨워주지 않을래?"
막 일어나서 머리가 아프거든?
"우리가 일어나도 눈치를 못 챈 게 잘못이야!"
"뭔가 이상한 꿈을 꾸고 있었다고."
이제 잘 기억나지 않지만, 왠지 시커먼 트윈 테일의 이상한 생물과 싸우고 있었다.
"늦게까지 안 잤어? 설마 아코가 자는 얼굴이라도 보고 있었던 거 아냐?"
"꺄아, 부끄러워요!"
"으음, 그런 녀석에게는 이거다."
어젯밤 몰래 찍은, 두 사람이 달라붙어 자고 있는 사진이 있단 말이지!
두 사람에게 휴대전화를 보여주자—.

"뭐야, 이거?! 언제 찍었어?!"

"백합빠 대환희겠지?"

"이건 와버렸네요, 인데요!"

"오지 않으니까 지워. 아, 지우기 전에 나한테 보내줘."

"저한테도 주세요."

두 사람 다 갖고 싶어 하고 있잖아.

아침부터 왁자지껄 떠들면서 사진을 두 사람의 휴대전화에 보낸 뒤—.

"자, 그럼 난 돌아갈게."

세가와는 그렇게 말하며 프라이팬을 아코에게 건넸다.

"아직 아침도 안 먹었잖아."

"오전부터 강습이라 시간이 없거든."

"진짜? 큰일이네. 몇 시쯤에 끝나는데?"

"저녁에는 끝나겠지만, 밤에도 예습과 복습은 해놔야지."

"정말로 하루 종일 바쁜 거네요."

오히려 아슬아슬할 때까지 우리하고 어울려준 게 놀라울 정도다.

고맙다. 세가와.

"공부 힘내라~."

"너희도 조금은 하라고."

"숙제 정도는 할 거야."

"그걸로는 부족할 텐데."

세가와는 못 말리겠다는 듯이 방을 나섰다.

그 뒤를 묵묵히 따라가던 아코가 조심조심 입을 열었다.

"저기, 슈."

"응?"

더듬더듬 말이 이어졌다.

"조금 더 놀다 가지 않을래요?"

"그러니까 입시학원에 가야 한다니까? 봄맞이 특별강습이거든?"

"그건 그렇지만, 그냥 대충 땡땡이 칠 수 없을까요?"

"일부러 돈까지 내고 다니고 있는데, 왜 땡땡이를 치는데."

"……그러네요."

억지를 부리고 있다는 건 알고 있는지, 아코는 시무룩하게 끄덕였다.

"애초에 아코, 니시무라랑 같이 있으니까 방해하지 말라는 기분 아니었어?"

"확실히 루시안하고 둘이 있는 건 멋지지만요!"

자기 스스로도 정리가 안 되는 건지, 아코 본인도 복잡한 표정이다.

"그래도 역시, 슈가 가 버리니까 쓸쓸한 기분이 들어요."

"오늘의 아코 귀엽지 않아?"

"귀여워."

"에에에에엑?! 잠깐, 후와앗?!"

둘이서 아코를 스읏스읏 어루만졌다.

옳지옳지, 내가 있으니까 쓸쓸하지 않다고.

"뭣하면 너희도 올래?"

"안 간다니까."

"그렇긴 하네."

세가와는 살며시 웃고는 한 손을 슬쩍 들며 현관을 나섰다.

"그럼 휴일 끝나면 봐."

"그래."

"잘 가요~."

둘이서 세가와를 배웅했다.

아직 이른 아침 시간이지만, 집에 돌아가서 바로 준비를 한다고 하니까.

"세가와, 아슬아슬할 때까지 우리하고 같이 어울려준 거네."

"그러네요."

정말로 귀중한 친구야.

"하지만 앞으로 같이 있을 기회가 줄어들 거라는, 그런 생각이 약간 들었어요."

"……그럴지도."

지금까지는 휴일마다 모였지만, 언제나 그러지는 못할지도 모른다.

하지만 반대로, 이번을 교훈으로 생각할 수 있을지도 몰라.

"골든 위크는 전원이 쉴 수 있는 타이밍이 맞지 않았으니까, 앞으로는 사전에 조정을 하면 괜찮을 거야."

"아, 그러네요. 앞으로는 모두의 예정을 듣고, 사전에 계획을 세워요!"

아코가 기뻐하며 말했다.

왠지 아코, 자기는 항상 한가할 거라는 표정을 짓고 있는데…….

"일단 묻겠는데, 수험 공부는 우리도 해야 하거든?"

"……."

아코는 움찔 하고는, 아무 말 없이 현관 자물쇠를 잠갔다.

야, 수험에서 도망치지 말라고.

3장

"제군, 전쟁은 좋아하나요?!"

And you thought there is Never a girl online?

3일째.

아침으로 어제 남은 영양밥을 먹으니 왠지 세가와의 잔향이 느껴졌다.

"오늘은 뭘 하지?"

"일단은 장을 보러가지 않으면 밥이 레토르트가 돼요."

"언제나 수고를 들이지 말고 레토르트로 해도 괜찮은데."

"그렇게 말해주시면 기쁘지만, 결혼 생활 3일째에 벌써 레토르트인 건 조금……!"

신부로서 아코의 자존심이 용납하지 않는 모양이다.

"그럼 점심 웨이브 전에 같이 장보러 갈까?"

"둘이서 장보기!"

"전에도 했었잖아."

"그냥 장보기랑, 일상생활의 장보기는 다르다고요!"

그런 건가?

"갈아입고 올게요!"

아코는 식기를 정리하고 후다닥 거실을 나가버렸다.

갈아입고 온다면서 방으로 돌아가는 거, 조금 두근거리네.

여동생이 자주 보여주기는 했지만, 그래서 더욱 같이 살고 있다는 느낌이 든다.

"……아니아니, 진정하자."

나도 갈아입어야지.

가방에서 옷을 꺼내서 바로 갈아입어야 해.

"아, 나가기 전에 루시안의 옷도 세탁을—."

"제대로 옷 입고 나서 와!"

벗은 상태로 오지 말라고!

"장보기~ 장보기~!"

내 앞을 걷는 아코는 기분이 좋았다.

폴짝폴짝 뛰며 걸어가는 사람 오랜만에 보네.

"기뻐 보이네."

오히려 근처에 가는 정도인데.

"슈퍼에서 식료품 사러 갈 뿐이거든?"

"그래서 그런 거잖아요!'

그런 건가?

둘이서 나란히 슈퍼 자동문을 지났다.

휴일이라 그런지 오전 중인데도 사람이 많다.

아코는 영차! 하고 바구니를 카트에 싣고는 힐끔 내 얼굴을 봤다.

오케이, 오케이~.

나는 그 카트를 밀면서 아코 뒤를 걸었다.

뭔가 말을 한 건 아니지만 호흡이 맞는 이 느낌, 좋네.

"루시안, 뭔가 먹고 싶은 것 있나요?"

채소 코너를 느긋하게 걷고 있는데 아코가 물었다.

"뭐든 좋다고 말하면 곤란하다고 했던가?"

"곤란해요!"

"그럼 어제는 생선이었으니까, 고기로!"

"무슨 고기로 할까요?"

"으음…… 기분상으로는 돼지?"

"그럼 탕수육을 만들까요? 돼지고기를 한 번 튀겨야 하니까 조금 시간은 걸리지만요."

"튀김 같은 것도 괜찮아?"

"조금은 믿어주세요오."

"믿고는 있지만."

평소의 얼빵한 아코의 이미지 때문에 말이지?

"아, 양배추가 싸네요."

"가격 알고 있어?"

"정확히 기억하는 건 아니지만, 익숙한 가격보다 싸면 왠지 눈치채게 되잖아요."

"주부냐."

"주부인데요."

"주부 아니거든?"

뭐야, 이 대화.

아코는 이야기를 하면서 대량으로 쌓인 감자의 산에서 세 개를 골라 내가 미는 카트에 휙 넣었다.

나는 잘 모르겠지만, 뭔가 고르는 기준이 있다고 한다.

게임에 대해 자세히 모르는 사람이 플레이를 보고 있으면 이런 느낌일까.

"루시안이 있으니까 쌀하고 세제를 사도 되겠죠?"

"짐꾼이라면 맡겨둬."

"감사합니다."

아코는 해맑게 웃고는 쌀 코너로 걸어갔다.

"평소에는 어떻게 하는데?"

"아빠가 쉬는 날이면 차로…… 하지만 바쁘니까요."

"아저씨, 힘들겠네."

"루시안에게는 좀 더 휴일이 많은 일을 추천해요."

"약속은 못하겠지만."

아직 상상도 못하니까 말이지.

"참고로 내일은 뭘 먹을까요?"

"내일의 내가 뭘 먹고 싶은 것까지는 약속할 수 없거든?"

"그럼 내일도 같이 올까요?"

정말로 부부 같은 대화네.

그렇게 생각하며 문득 주변으로 시선을 돌렸다.

주변의 진짜 주부들이 흐뭇한 눈으로 보고 있는 기분이…….

삐로리~잉!

"……응?"

[애플리코트] 아직도 자고 있는 거냐!

"마스터한테 재촉 메시지가 왔는데?"

"저도요."

아코는 쓴웃음을 지으며 휴대전화를 넣었다.

"맞다. 오후에는 마스터가 한가하다고 했었지."

"네."

바로 돌아가야겠다.

◆애플리코트 : 둘 다 늦었다!

돌아와서 로그인한 우리를 마스터가 맞이했다.

◆루시안 : 미안미안. 잠시 장을 보러 나가서.

◆아코 : 늦어졌어요~.

◆애플리코트 : 정말이지…… 나는 오늘 낮밖에 비어있지 않단 말이다.

◆루시안 : 진짜? 밤은 어쩔 건데?

◆애플리코트 : 밤에는 세테가 있을 거다.

그렇군. 교대제인가.

하지만 세테 씨랑 우리만으로 버텨낼 수 있을까? 지금 이것저것 준비를 해야겠다.

◆애플리코트 : 그래서, 어제는 어땠나?

◆아코 : 열심히 지켜냈어요.

현재 방어 계획, 슈바인 개막 격추 존에 대해 설명했다.

꽤나 큰일이었지만, 은근히 즐거웠어.

◆애플리코트 : 그렇군. 살짝 조사해봤다만, 그런 플랜이었나.

마스터가 함정 배치를 보면서 흠흠 끄덕였다.

◆애플리코트 : 이 형태는…… 과연 어떨지…….

◆아코 : 싫으신가요?

◆애플리코트 : 나쁘다는 건 아니다만…….

이야기를 나누는 사이, 화면 오른쪽 하단에서 팝업이 팟 튀어나왔다.

켁, 이 타이밍에 랜덤 웨이브냐.

◆애플리코트 : 마침 잘 됐군. 방어를 시작할까. 하면서 개선점을 확인하도록 하자.

마스터가 길드 마스터답게 똑 부러지게 말했다.

좋아, 해볼까!

◆애플리코트 : 우리에게는 요격할 용의가 있다!

◆아코 : 각오 완료!

◆루시안 : 적이 온다고…….

멋진 포즈 잡지 말고 싸우자고.

자, 그럼. 적 쪽은—.

◆루시안 : 많아!

◆아코 : 마, 많네요.

랜덤 웨이브 주제에 어제보다 숫자가 훨씬 많다.

고블린이 30 정도, 울프가 20 정도, 포와링은…… 이거, 셀 수가 없는데?

한 번은 줄어들었던 포와링도 숫자가 증가되어 돌아왔다.

◆애플리코트 : 흠, 어제까지는 아직 적었던 건가.

◆루시안 : 그래도 충분히 많았었는데…….

◆애플리코트 : 그렇다면 오랜만에 나의 힘을 보여줄 때로군.

마스터가 훗훗훗 하고 웃으면서 정문 앞에 섰다.

◆애플리코트 : 받아라!

◆루시안 : 과금 버프 쓰는 건 그만둬?!

◆애플리코트 : 걱정하지 마라. 웹머니라면 아직도 준비해 놓고 있다.

그런 걱정은 안 해!

오랜만에 보는 마스터의 미티어— 하늘에서 운석이 쏟아졌다.

문에 모여 있던 몬스터 무리가 그대로 소멸했다.

◆루시안 : 역시 믿음직스럽다니까.

◆아코 : 그렇게 고생했었는데 점점 줄어드네요.

다음 무리가 모여드는 사이 영창이 끝나고, 다시 운석이 쿠웅!

◆루시안 : 우와, 제1진은 벌써 거의 다 사라졌어.

◆애플리코트 : 아직 멀었다!

다시 영창을 개시!

함정이 발동해서 적을 막고, 빠져나올 것 같은 타이밍에 다시 한 번 운석이 떨어졌다.

그대로 루프하는 거 아냐?

◆루시안 : 적들이 쓰레기 같네.

◆아코 : 아, 그래도 고블린 무리가…….

이동속도가 빠른 고블린이 함정 속을 내달렸다.

이런, 바로 빠져나가고 있어!

◆애플리코트 : 릴리스!

오, 마스터가 충전해놨던 스펠을 해방했다.

노타임으로 운석이 쏟아져서 필사적으로 함정을 빠져나가려던 고블린이 쓰러졌다.

◆루시안 : 이거 우리가 필요 없는 거 아닌가?

◆아코 : 보기만 해도 될 것 같네요.

◆애플리코트 : 그렇지는 않은 것 같다.

아, 진짜다.

다시 영창을 시작하는 마스터의 앞을, 이번에는 울프가 빠져나왔다.

◆애플리코트 : 다리가 느린 적이라면 문제없지만, 다리가 빠른 적은 힘들군.

◆루시안 : 함정을 빠져나갔어!

◆아코 : 기다려주세요~.

아코와 둘이서 울프를 쫓아갔다.

현관 앞에서 어찌어찌 따라잡았다. 녀석이 공격하기 전에 쓰러뜨려야지!

"직접 가겠어!"

"네!"

내 말에서 의도를 읽은 아코가 엑스댐을 걸어줬다.

위력이 증가한 오버드 실드를 직접 맞추자, 울프가 오버킬 같은 기세로 날아갔다.

◆아코 : 또 와요!

◆루시안 : 한 마리씩 처리하자!

적은 약하니까, 침착하게 처리하면 문제없다.

현관 앞에서 벗어나 앞으로 나와서 울프를 처리했다.

그때―.

▶건물이 공격을 받고 있습니다.◀

그런 팝업이 떴다.

◆아코 : 에엑?

◆애플리코트 : 음?

공격? 어째서?!

◆루시안 : 마스터, 아무도 빠져나가지 않았지?

◆애플리코트 : 음, 정문에서 전부 차단하고 있다.

이쪽도 울프는 지나가지 못했다.

그럼 뭐 때문인 거야?!

◆애플리코트 : 침입 경로는 어디냐. 정문 말고 다른 곳에

서 들어온 게 아닐까?

◆루시안 : 확실히…… 어디서 들어온 거지?

◆아코 : 그러게요. 들어올 만한 곳은…….

하지만 정원은 전부 울타리로 막혀 있고, 대체 어디에서—.

타닥!

타닥?

"어라, 무슨 소리 안 났나요?"

"분명히 났어. 잠깐 기다려."

전투음에 가려져서 잘 들리지 않았다.

살짝 음량을 줄여서 귀를 기울였다.

타닥…… 탁탁탁.

"역시 들리는데?"

"그렇죠? 아래인가요? 집인가요?"

"아마도……."

불길한 예감을 느끼면서 아래쪽에 신경을 집중했다.

잠시 뒤, 마침 거실 부근에서—.

덜컹!

"의자가 움직이는 것 같은 소리가 났어요!"

"확실히 누군가가 있어!"

진짜냐! 우리가 집을 보고 있을 때 그런 거냐?!

"도둑일까요?"

"하지만 문은 잠갔잖아."

"저희 집은 어지간하면 거실 창문이 조금 열려 있어요."

"방범!"

집을 봐달라고 했었는데 어쩔 거야!

"경찰을 부를까? 아니, 착각일지도 모르고……."

바람에 물건이 넘어졌다든가, 그런 걸지도…….

"……내려가 볼까?"

"적이 있으면 어쩔 건가요?"

"전투는 피하고 싶은데……."

현실의 우리는 두 사람 모두 전투 직업이 아니니까.

이렇게 진지하게 생각하고는 있지만, 솔직히 꽤 겁먹고 있다.

아코가 없었다면 방에 자물쇠를 잠그고 틀어박혔을지도 모른다.

◆애플리코트 : 무슨 일이냐, 두 사람.

◆아코 : 집에 뭔가가 있어요.

◆루시안 : 잠깐 확인하고 올게.

◆애플리코트 : 집에? 몬스터라면 이미 쓰러뜨렸다만?

◆애플리코트 : 두 사람? 무슨 일이냐?

"아코, 무기 같은 거 있어?"

"그런 건 없어요."

큭, 맨손밖에 없나.

살짝 방을 나와서 살금살금 계단을 내려갔다. 때때로 삐걱대는 소리가 들리는 게 무서워서 견딜 수 없었다.

거실 앞까지 왔지만, 소리는 전혀 들리지 않았다.

'……도둑이 있다면.'

힐끔 아코에게 시선을 돌렸다.

'거실이 아닐까요?'

그러자 시선과 손가락으로 대답이 돌아왔다.

이럴 때는 편리하네, 이거.

좋아, 가볼까? 소리가 안 들리니, 이제 없는 걸지도 몰라.

거실 문을 열자, 끼익 하는 작은 소리가 났다.

그에 반응해서 뭔가 움직일지도 몰랐지만 그럴 염려는 없었다.

"……아무도 없네."

"그러네요."

슬금슬금 발을 움직여 안으로 나아갔다.

하지만 아무도 없고 기척도 없었다.

에잇, 답답하네. 반대로 샤우트로 타깃을 따고 싶어졌다.

"역시 기분 탓인가?"

"하지만 확실히 소리가……."

이야기를 나누던 도중에 타타타타탁! 하는 소리가 났다.

"우왓, 뭐야?!"

동시에 주방 테이블 밑에서 뭔가가 튀어나왔다.

작고 빠르고 왠지 몽실몽실한 그 그림자는—.

"아앗, 퐁짱!"

"퐁짱?!"

고양이잖아!

조금 못생겼으면서도 귀여운 삼색고양이가 소파 밑에서 이쪽을 바라봤다.

뭐야, 놀라게 만들지 말라고.

"냐우~."

퐁짱(가칭)은 슬금슬금 다가와서 내 다리에 살짝 몸을 비볐다.

뭐야, 애교 있는 녀석이네.

"길고양이야?"

"아뇨, 이웃집에서 기르는 고양이에요."

아코가 주저앉아 눈을 맞췄다.

"때때로 놀러 와서, 밥을 먹고 돌아가요."

"바깥에서 기르는 건가……."

"볼일도 자기 집에서만 보고, 착한 아이예요."

호오, 제대로 훈련이 되어있네.

"밥은 원하지만요."

훈련이 안 된 건가, 대체 어느 쪽이야.

"이거 봐주세요. 메모에도 적혀 있잖아요?"

"어디어디……."

퐁짱에게 밥을 준다— 적혀있네.

"이거 수수께끼 같다고 생각했는데, 그런 의미였나!"

고양이 이야기였냐! 적어놓지 않으면 모른다고!

"퐁짱~, 밥…… 아앗!"

퐁짱이 아코에게서 도망쳤다.

"……왜 아는 사이인 너한테서는 도망치고, 내 뒤에 숨는 건데?"

"왠지 저를 따르지 않아요."

"아코는 동물하고 친하지 않으니까."

"어째서일까요?"

조심조심 손을 뻗어서 그런 게 아닐까.

고양이는 그런 것에 민감하거든.

"밥을 먹어줄까요?"

"숨어있으니 말이지."

이런, 고양이를 보고 있을 때가 아니었다.

지금은 한창 퀘스트 도중이고 마스터가 열심히 하고 있는데!

"고양이였으니까 방어하러 가자."

"그랬었죠!"

기다리고 있어, 퐁짱! 이라며 손을 흔들고 둘이서 방으로 돌아왔다.

◆루시안 : 마스터, 괜찮아?

◆애플리코트 : 음, 문제없다.

역시 마스터, 솔로라도 문제없나.

◆애플리코트 : 침입자의 정체를 알아냈다. 비행 몬스터가

출현했더군.

◆루시안 : 하늘에서 온 건가!

비행 몬스터라니 그런 것도 오냐고!

◆아코 : 아, 정말이네요. 뭔가가 날고 있어요.

◆루시안 : 켁, 울타리를 넘어오네.

아코가 가리킨 화면에는 박쥐 몬스터가 있었다.

데인저 케이브 배트인가. 강하지는 않지만, 날고 있는 만큼 성가시네.

함정이 없는 곳에서 침입하는 건 곤란한데 말이지.

◆애플리코트 : 그것도 결국은 현관으로 들어가려 하더군. 목적지만 알고 있다면 문제는 없을 거다.

◆루시안 : 그렇구나.

날아온 박쥐가 라이트닝 클라우드로 타버리자, 무사히 웨이브 클리어 표시가 나왔다. 다행이군, 다행이야.

◆애플리코트 : 그런데, 그쪽 침입자는 뭐였던 거냐?

◆루시안 : 고양이였어.

◆아코 : 퐁짱이었어요.

◆애플리코트 : 그런가. 별일이 없어 다행이로군.

응응, 정말로 아무 일 없어서 다행이라니까.

마스터는 우리와 함께 고개를 끄덕거린 뒤—.

◆애플리코트 : 그런데…… 두 사람은 같이 있는 거냐.

◆루시안 : 헉!

◆아코 : 앗ㅋ

이런, 들켰다.

근데 아코, ㅋ라니 뭐야! 들켜도 괜찮다고 생각한 거지?!

◆루시안 : 아니, 아니거든?

◆애플리코트 : 아닌 거냐.

◆루시안 : 그래, 아니라고.

◆애플리코트 : 그런가. 뭐가 아닌지는 나중에 듣기로 하지.

그 채팅 직후, 딩동~ 하고 벨소리가 울렸다.

"어? 뭘까요?"

"또 택배인가?"

◆루시안 : 미안, 마스터, 잠깐 기다려줘.

◆애플리코트 : 음, 기다리마.

아래층으로 내려와서 인터폰을 확인했다.

거기에 비친 것은—.

"말 그대로, 기다리고 있었다. 루시안."

"마스터?!"

왜 여기 있는 건데?!

"훗훗훗, 상황을 확인하고 곧장 와이파이와 노트북으로 바꿔서 차에 탄 거다!"

씨익 하고 가슴을 편 마스터가 의기양양하게 말했다.

"왜 일부러 그런 짓을……."

"쓸쓸해서 그런 거지!"

"쓸쓸함 타는 거냐고!"

아아, 정말, 그런 걸로 남의 집에 폐를 끼치다니…….

"그럼 근처에서 기다려다오."

"알겠습니다."

고개를 꾸벅 숙인 운전수에게 나도 고개를 숙였다.

"그래서, 아코 군의 집에 놀러온 거냐?"

"아니, 실은……."

"핫핫핫핫핫!"

아코의 침대에 앉은 마스터는 그야말로 재미있다는 듯이 웃었다.

"방치하면 나태하게 보내게 되니까 감시라니, 재미있는걸?"

"그렇게 웃지 않아도 되잖아요."

아코가 우우, 하고 뺨을 부풀렸다.

"괜찮지 않을까? 앞으로 너희 두 사람의 인생을 표현해주고 있는 것 같다만."

"무슨 뜻이야. 앞으로도 아코를 감시하라는 거냐고……."

"줄곧 감시해주세요."

싫은데.

"아코 군만이 아니야. 루시안 너도 그렇지."

가볍게 훗 하고 웃은 마스터가 나와 아코를 순서대로 가리켰다.

"너도 역시, 받쳐줘야 할 사람…… 그녀가 있어야지만 성실하게 살아가는 타입 아니냐?"

"윽…… 그건 뭐……."

그런 말을 들으면 부정할 수 없지만.

나 혼자라면 휴일에 풀 뽑기나 장보기 같은 건 하지 않으니까.

숙제를 제대로 한다거나, 조금은 공부를 한다거나, 그런 생각은 좀처럼 안 한다고.

"서로를 받쳐주기에 좋은 인생을 보낼 수 있는 거다. 멋진 일 아니냐."

"확실히 혼자보다는 착실히 살 수 있을지도……."

"그야말로 부부네요!"

세가와에게서는 듣지 못했던 의견이네.

그리고, 그런 마스터의 무릎에는 마른 멸치를 받아서 만족스러워하는 퐁짱이 몸을 둥글게 말고 있었다.

"왜 퐁짱은 마스터를 저렇게 따르는 걸까요?"

"카리스마일지도."

본능적으로 강한 자에게 약할지도 모르지.

"그건 그렇다 치고, 루시안도 있다면, 나도 잠깐은 놀다 가도록 할까."

"뭔가 할 일이 있는 거야?"

"작전 설명을 하고 싶어서 말이다."

마스터는 가져온 노트북에 맵을 표시했다.

다들 모여서 그런지, 퐁짱이 조금 불만스럽게 몸을 뒤틀었다.

"조금 전 랜덤 웨이브, 고전했었지?"

"랜덤이라고 생각하지 못할 정도로 힘들었어."

광역 공격으로 터무니없는 딜링을 뿜어내는 마스터가 있는데, 그럼에도 고생했다는 건 문제란 말이지.

"함정 위치를 잘못 설치한 걸까요?"

"잘못된 건 아니라고 생각한다만. 단지……."

마스터는 캐릭터를 조작하며 느릿느릿 정원을 걸었다.

"반드시 몬스터가 지나가는 곳, 문에 함정을 집중하는 건 좋은 작전이다. 하지만 지극히 단순한 문제로서, 이곳을 빠져나가면 무방비해지고 말지."

"그러네요."

"따라서 빠져나간 경우에는 적을 쫓아가야만 한다."

"응."

조금 전에도 그걸로 큰일이었다.

현관으로 달아난 울프를 쫓아가서, 쓰러뜨리면 다시 돌아오고, 그 반복이었다.

"단순한 타워 디펜스라면 상관없지만, 여긴 MMORPG다. 함정보다 우리가 더 큰 전력이다. 그런 우리가 적을 쫓아다니며 우왕좌왕해서는 이치에 맞지 않지."

"확실히 어지간한 함정보다 우리가 딜은 더 강하지만…… 마스터라면 특히 더."

마스터는 잡졸들을 쫓아가지 않고 한 위치에 고정되어 대마법을 날려대는 쪽이 딜이 더 뛰어날 거다.

"저희도 맵에 설치되는 거네요."

"음, 공격 타워 같은 취급이 되겠지."

자신도 기믹 중 하나라고 생각하고, 위치를 고정해서 안정된 딜을 낸다는 건가?

"가능하면 계속 싸울 수 있는 위치에 있고 싶네."

"어떻게 해야 좋을까요?"

"그 부분에서 내가 방어 플랜을 세웠다만— 집 현관 앞에 방어지점을 구축하는 건 어떨까."

마스터가 화면에 자신의 방어 플랜을 표시했다.

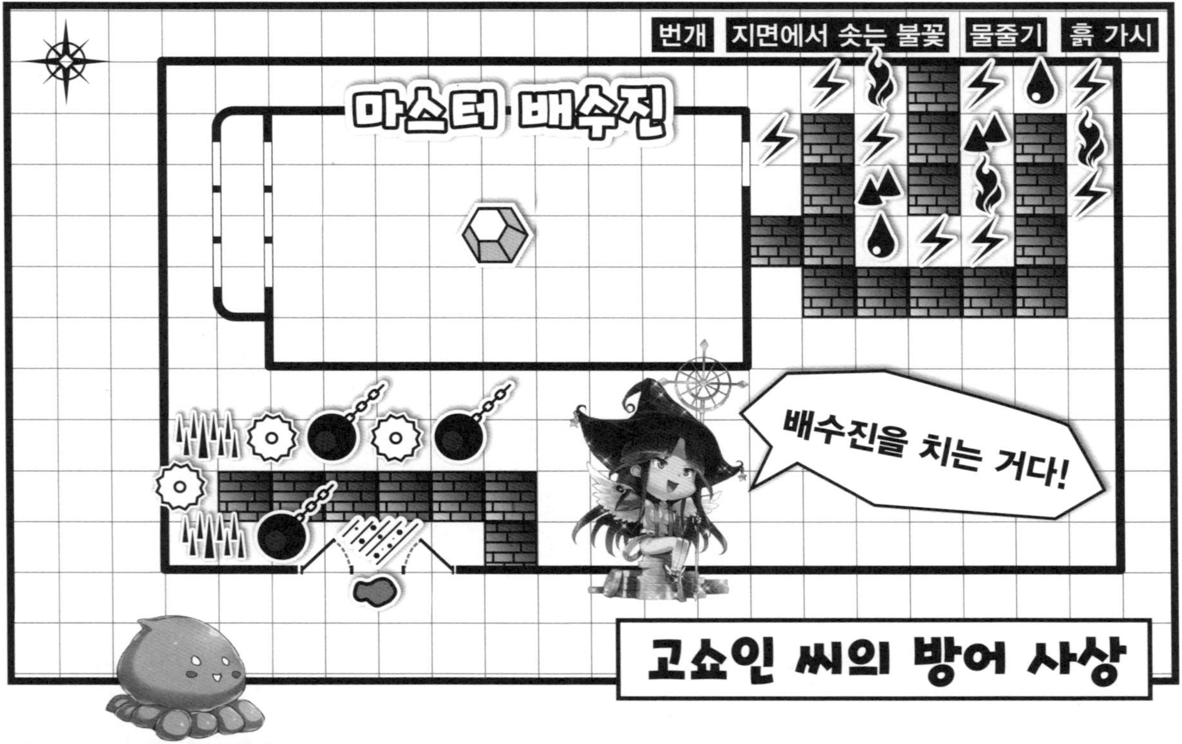
번개
지면에서 솟는 불꽃
물줄기
흙 가시
마스터 배수진
배수진을 치는 거다!
고쇼인 씨의 방어 사상

그렇구나. 현관에도 적이 반드시 오니까, 이 위치에서 방어하자는 건가?

"거기서 져버리면 끝이잖아요."

"느닷없이 최종 라인이네."

"배수진이로군."

음, 하고 끄덕이면서도 마스터는 자신만만하게 말을 이었다.

"하지만 빠져나간 적을 쫓아가지 않더라도 그 위치에서 쓰러뜨릴 수 있지. 플레이어의 딜링을 충분히 발휘하기에는 좋은 배치일 거다."

"온라인 게임이기 때문에, 평소보다 더욱 활용할 수 있는 배치인가……."

"해봐요!"

좋아, 마스터가 제안한 배수진을 설치하기로 결정했다.

"또 문제는? 뭐가 난적이냐?"

"울프와 고블린의 발이 빨라서 곤란해요."

"흠. 위력보다도 공격속도가 있는 함정이 필요하겠군. 지속 트랩인 플레임 스코처를 시험해볼까."

함정을 설치하자 지면에서 불이 뿜어져 나왔다. 오오, 이것도 잔인해 보이네.

계속 뿜고 있으니까 확실하게 대미지를 줄 수 있을 것 같다.

"나머지는 기갓치. 이번에는 마스터가 마법으로 쓰러뜨려 줬지만, 함정만으로는 물리공격이 통하지 않아서 막을 수가 없어."

"기가 볼트…… 뇌(雷) 속성이 효과적이지만, 내가 쓸 수 있는 번개 마법은 중급 정도…… 라이트닝 클라우드 이상은 만들 수 없다만."

"또 강한 건 없나요?"

"일정 간격으로 그 자리에 번개를 떨어뜨리는 피뢰침이라는 함정을 만들 수 있지."

"피뢰침은 번개를 부르는 도구가 아니지 않나요……?"

그런 데 신경 써서는 안 됩니다.

"나머지는…… 흠, 고기능 마도 엔진……?"

"뭐에 쓰는 건데?"

그런 영문 모를 물건도 만들 수 있는 건가?

"기본적으로는 속성 공격 트랩으로 전 속성을 망라할 수 있게 만들기로 하자."

흙 가시나 물줄기 함정, 방금 썼던 라이트닝 클라우드에 지면에서 솟구치는 불꽃.

그것들을 내 바리케이드에 맞춰서 점점 배치해나갔다.

오오, 배수진이 그럴싸하게 만들어졌어.

"이 정도면 될까?"

"가구가 꽤 줄었어요……."

"설치할 수 있는 가구 숫자에 제한이 있으니까 어쩔 수 없잖아."

함정을 놓는 대신, 집 안에서 소파라든가 카펫 같은 게 사라졌다.

아직 각각의 개인실에는 손대지 않았지만, 그것도 한계일지도…….

특히 우리 집은 중간소재를 조합해서 만든 우드 데크가 상당한 가구 배치칸을 점유하고 있기 때문에 슬슬 힘들어졌다.

"현 시점에서 공략의 정석은, 우선 가구를 모두 치우라는 거였다만."

"그런 건 집이 아니라고요!"

"최악의 경우에는 안에 있는 것들을 전부 떼어낼 건데?"

"적어도, 적어도 베개와 침대만큼은!"

"그것만 지키려고 하는 건 그만둬줄래?!"

최후의 보루는 무땅의 집이거든? 그것까지 철거하면 완전 말기라고.

그렇게 이야기를 하는 사이에 삐콩! 하고 오른쪽 하단에 팝업이 떴다.

"열두 시인가…… 아직 점심도 안 먹었는데."

"고정 웨이브가 끝나고 나서 먹을까요."

"새로운 트랩 존을 여기서 시험해보기로 하자."

"방치해서 어느 정도 쓰러뜨리지 않으면, 랜덤 웨이브로 집이 부서지니까……."

"함정 여러분 힘내요!"

우리가 지키기 전에 적이 정문으로 쇄도해왔다.

정문 라인에서는 늪에 발이 걸리고, 눈보라로 한층 느려진 적을 회전하는 칼날이나 발밑에서 튀어나오는 가위에 가시, 떨어지는 철구가 뭉개버렸다.

"이쪽은 OK네."

"개막 격추당하고 있네요."

"공중에서 오는 적은 현관에서 요격하고 있군."

마스터의 배수진이 완벽하게 기능해서 공중 몬스터도 쓰러뜨리고 있다.

입구에서 울프나 고블린이 빠져나가려 하고 있지만, 그것도 내버려두면 현관 앞의 함정이 쓰러뜨려준다.

"트랩 존이 두 곳이 되니까 안정적이네."

"움직이지 않아도 되는 건 편하네요."

"설령 집이 공격을 받더라도, 완전히 파괴되기 전에 함정이 쓰러뜨려 줄 거다."

이거라면 내버려둬도 괜찮을 것 같다— 라고 생각한 게 플래그였을지도 모른다.

"아, 뭔가 커다란 적이 왔어요!"

"우왓, 진짜다!"

쿠웅, 쿠웅 하는 발소리를 내며 커다란 몬스터가 다가왔다.

아아, 오우거냐.

공격력보다 내구력이 자랑인 몬스터, 오우거. 오크보다 두 배는 커다란 그래픽이 특징이다.

"오우거 아니냐. 평범하게 쓰러뜨리는 것도 고생하는 적이다만."

"저런 덩치까지 오게 되었나……."

"어쩌죠. 함정으로 쓰러뜨릴 수 있을까요?"

잠시 볼까…….

오우거는 정문 근처의 함정을 모두 맞으면서도 계속 전진해서 천천히 정원으로 나왔다.

현관 근처의 함정 존에서도 불꽃이나 번개, 탁류를 모두 버티고, 마침내 입구까지 도착했다.

그리고 쿠오옹! 하는 외침을 내지르며 현관을 두들겼다.

▶건물이 공격을 받고 있습니다.◀

"빠져나가네."

"곤란하네요."

"어떻게 해야 할까."

그렇게 말하면서 내가 훌쩍 스턴을 넣고, 아코가 엑스댐, 마스터가 미티어를 릴리스하자, 주변의 적과 함께 오우거가 소멸했다.

"흠, 지금까지의 함정으로 소모된 오우거라면 간단히 쓰러뜨릴 수 있는 모양이다만."

"그건 운에 달렸어. 나랑 아코로는 딜이 말이지……."

오버드 실드만으로는 쓰러뜨리는 데 시간이 걸릴 것 같다.

저 오우거가 이번 웨이브의 보스 같은 거였는지, 무사히 웨이브 클리어 표시가 떴다.

"안정적이긴 하지만, 문제는 잡졸들의 대군이 아니라 단독으로 오는 강적으로 옮겨갔군."

"뭔가 타개책이 없을까……."

"고민해보고 싶기는 하다만, 나는 슬슬 돌아가야 해서 말이다."

마스터는 유감스럽다는 듯이 말하며 일어섰다.

"벌써?! 조금 더 느긋하게 있다 가면 좋을텐데……."

"그러고 싶은 마음은 굴뚝같다만, 어쩔 수 없지."

딜링이라는 의미로도, 아직 충분히 놀지 못했다는 의미로도 유감이다.

조금 있다가 세가와랑 했던 트럼프 게임에서 마스터가 카드 게임에 강한지 확인해보려고 했었는데…….

"또 놀러와 주세요."

"기다릴게."

"음…… 그런데 루시안."

마스터가 나를 보며 훗 하고 웃었다.

"느긋하게 있다 가라, 기다린다, 라니…… 완전히 이 집 주인인 것 같구나."

"……."

큰일이다. 너무 익숙해졌나 보다.

††† ††† †††

마스터를 배웅하고, 둘이서 거실에 와 휴식 타임을 가졌다.

"오후의 예정은 뭐가 있던가?"

"……아무것도 없어요."

"그랬었나?"

메모에 뭔가 있었던 것 같은데…….

확인해볼까 싶어 메모를 보려고 하자, 아코가 슬쩍 손으로 숨겼다.

"왜 숨기는 거야?"

"아무것도 아니에요오."

아코가 휘익~ 휘익~ 하고 서툰 휘파람을 불었다.

너, 그걸로 얼버무릴 수 있다고 생각하는 거냐.

"어서 꺼내봐."

"……네."

메모를 보자, 오늘 오후에는『자치회 모임 참석』이라고 적혀있었다.

"……엄청 귀찮은 게, 있잖아."

"그러니까 말하고 싶지 않았다고요오."

아코가 우우우, 하고 머리를 감싸 쥐었다.

"절대로 가고 싶지 않아요."

"그런 소리를 해도 말이지……."

"결혼한 뒤에도, 이런 건 우울해서……."

"학부모회 같은 건 절대로 무리일 것 같긴 하지. 아코."

"루시안하고 제 아이를 위해서라면 열심히 하자는 생각은 드는데요."

"가족에게는 정이 깊은 거냐."

그런 부분은 훌륭하다고 생각합니다.

"모임에는 나도 같이 나갈 테니까, 노력해보자."

"타마키 부부로 참석해 주는 건가요?!"

적어도 니시무라 부부로 하라고. 아니, 그럼 나가지 못하지만.

"그냥 따라가는 거야!"

"네~."

"그럼 모임에 나가고, 돌아오는 길에 장을 보고 와서, 밤에 방어를 한다. 그렇게 되겠네."

"그러네요. 하지만……."

아코는 아무도 없는 소파로 눈을 돌렸다.

"세테 씨와는 밤까지 만나지 못하니까, 놀러오지는 않겠네요."

"이러니저러니 하다 다들 와버렸지만…… 그러고 보니 그러네."

밤에 게임에서 만나더라도, 그곳에서는 이쪽으로 올 시간이 없겠지.

"아쉬워?"

"아뇨! 루시안이 있는 집에 세테 씨를 들이는 건 무서우니까, 들키지 않는 편이 좋아요!"

"친구가 되어도 경계심은 누그러지지 않았나보네……."

랜덤 웨이브를 확인하거나, 둘이서 느긋하게 보내다보니 바로 시간이 됐다.

슬슬 모임에 나가야겠지. 장소는— 시민회관인가. 어디 있는 거지…….

"그럼 나갈까?"

"가고 싶지 않아요!"

"이해는 하지만……."

나도 연상들만 있는 모임 같은 데 얼굴을 내밀고 싶지 않아.

"여행 중이라는 걸로 쉴 수 없을까?"

"저희 자치회보다 높은, 자치회 연합의 회장님이 온다고 해서…… 집에 있으면 참석해 달라는 말을 들었어요."

"이웃과의 관계도 큰일이네."

"저도 언젠가는 해야만 하는 일이니까, 엄마가 연습을 시켜주는 거라고 생각해요."

"누구 집에서 이웃과 관계를 다질 생각인 건데."

성급한 이야기네.

"뭐, 저녁밥이라도 생각하면서 가보자. 오늘 밤은 어쩔까?"

"중화요리를 만들고 싶은 기분이에요."

"영양밥이 맛있었으니까 일본식을 먹고 싶은 기분이야."

음, 의견이 맞지 않는군.

"그럼 양쪽을 다 만들까요?"

"집밥이기에 가능한 장르 혼합식으로 할까?"

"즐거워 보이네요!"

와글와글 떠들면서 주택가를 거닐다 보니 바로 시민회관이 나왔다.

안에는 이미 모르는 아저씨, 아줌마가 가득하다. 우와, 들어가기 힘들어.

"실례합니다."

"실례합니다~."

둘이서 슬그머~니 회장에 들어갔다.

구석진 자리에 앉았는데—.

"어머, 아코 아니니?"

옆에 있던 아줌마가 말을 걸어왔다!

아코는 움찔 놀란 뒤에 인사했다.

"아아아, 안녕하세요."

"안녕하세요."

아는 사이인가?

"누구셔?"

"옆집의 뒷집 아줌마에요."

아코가 살짝 대답해줬다.

미묘한 거리가 있는 이웃이네.

"오늘은 아코가 왔니? 어머니는?"

"엄마는 아빠랑 여행에……."

"어머, 변함없이 사이가 좋구나."

두 분의 사이가 좋다는 건 이웃들에게도 알려진 건가?

"그래서, 그쪽 남자아이는?"

"아, 따라온 겁니다. 끝나는 게 늦어진다고 해서, 아코 혼자 돌려보내는 건 걱정돼서요."

말하는 내용은 잘못되지 않았다.

"어머, 아코도 얕볼 수 없구나~."

"에, 에헤헤……."

"오늘은 딱히 정해지는 일도 없으니까, 편하게 참가하렴."

명랑하게 웃은 아줌마는 다른 그룹에게 말을 걸러 갔다.

아무튼 발이 넓어 보이는 아줌마와 이야기를 나눠서 내부 사람이라 판단했는지, 주위의 시선도 꽤 부드러워진 것 같았다.

좋은 아줌마다.

"오늘은 회장님이 오시는 건가? 건강하신지 모르겠네."

"아직 허리가 조금 안 좋으신 것 같아서, 손녀가 대신 온다고 하더라고."

“어머, 나나가? 그럼 안심이네, 아직 어린데도 똑 부러졌으니까.”

“우리 애보다 똑 부러졌다니까!”

옆자리의 대화를 멍하니 들으면서 기다리자, 입구 문이 열리고 조금 부자 같은 아줌마가 나왔다.

“회장 대리께서 오셨으므로, 슬슬 시작하겠습니다.”

이런, 스타트인가. 의자 위에서 살짝 자세를 바로잡았다.

그리고 아줌마의 뒤를 따라, 그 문을 통해 들어온 사람은―.

“마에가사키 자치회 연합 회장 대리인 아키야마입니다. 오늘 잘 부탁드립니다.”

기모노를 예쁘게 차려입고 미소를 지은, 아키야마 나나코였다.

“……(아코, 알고 있었어?)”

“…………(몰랐어요 몰랐어요!)”

저 녀석 뭐하는 거야?! 어떻게 된 거냐고?!

슬그머~니 아키야마를 보고 있었는데― 아, 눈이 마주쳤다.

“…….”

우리를 눈치챈 그녀는 순간 어리둥절해하다가, 키득 웃으며 손을 흔들었다.

두 시간 뒤.

“지쳤……어요…….”

"이제 진짜 무리야."

나와 아코는 축 늘어져서 시민회관을 나왔다.

그리고 우리 옆에는—.

"오늘은 원만하게 끝난 편인데?"

조리[#4]를 타닥타닥 울리며 걷는 아키야마가 있었다.

"자치회장을 정하는 회의 같은 건, 완전히 밀고 당기는 쟁탈전이 벌어져서 반나절이 지나도 안 끝날 정도였으니까."

"그에 비하면 보고 메인이었던 오늘은 나았겠지만……."

미묘하게 충돌이 벌어지려 하면 다음 화제로 패스하는, 아키야마의 비밀스러운 노력 덕분이었다고 생각하는데…….

그건 그렇고—.

"일단 물어보겠는데, 아키야마는 왜 온 거야?"

"할머니 대리. 허리를 조금 다치셔서 움직이지 못하시거든."

"아아, 옆 사람이 그런 말을 했었지."

"큰일이네요."

"그나마 나은 편이야~. 어제도 내일도, 훈육 시험이 있어서…… 전혀 놀지 못했어……."

정말로 휴일에는 바쁜가보다.

게다가 시험이라니, 이렇게 느긋하게 있어도 되는 건가?

"그럼 연습 같은 게 큰일이겠네요."

아코가 묻자, 아키야마는 의아한 듯이 고개를 갸웃했다.

#4 조리(草履) 일본의 전통 짚신.

"응? 어째서?"

"그치만 훈육 시험이잖아요?"

"그런데?"

"연습하지 않으면 떨어지니까 곤란한 거 아냐?"

"내가 연습해봐야……."

아키야마가 거기까지 말하고는—.

"……아아!"

게임이라면 머리 위에 전구가 나올 것 같은 번뜩이는 포즈로 손뼉을 쳤다.

"나는 시험을 받는 쪽이 아니라, 판단하는 쪽이야!"

"시험관인가요?!"

"그런데? 제대로 면허도 있어."

"너 정말로 뭐하는 사람이야?!"

"정말로 인간인가요?!"

"그렇게 말할 건 없지 않아?!"

진짜로 수수께끼라고!

"몇 년을 했다고 생각하는 건데~."

"모른다고요!"

아니, 진짜로, 이 녀석과 만나고 나서 1년 이상 지났지만, 수수께끼가 끊이질 않네.

"뭐, 아키야마가 수수께끼인 건 언제나 그랬으니까 넘어가지만."

"딱히 숨기지는 않으니까 물어보면 되는데?"

"그러네요. 넘어가기로 해요."

"물어줘! 뭐하는 사람이야? 라고 좀 더 물어달라고!"

넘어가기로 하고.

그나저나 계속 따라오고 있는데, 아키야마도 같은 길인가?

"아키야마네 집은 이쪽이야?"

"아니, 다른 길인데."

"그럼 왜 우리랑 같이 오는 거야?"

"그치만 두 사람, 오늘 같이 묵잖아?"

움찔.

"세테 씨. 무무무, 무슨 근거로 그런 말을 하는 건가요?"

아코가 굳어진 미소를 지으며 묻자, 아키야마는 예쁜 미소로 대답했다.

"분위기!"

"논리도 없이 해답에 도달하는 건 그만두지 않을래요?!"

"그런 짓을 당하면 못 이기거든?!"

"아, 역시 같이 묵는구나?"

블러프냐고!

"그런 떡밥에 저희가—."

"낚이다니곰~!"#5

"두 사람 다 멋지게 낚였네~."

#5 **낚이다니곰~!** 곰 캐릭터가 나오는 아스키 아트에서 자주 쓰이는 대사.

아키야마는 싱글벙글 웃으며 휴대전화를 조작했다.

"집에는, 오늘 아코네 집에서 묵는다고 말해놨으니까!"

"……포기하자……."

"최종보스에게서는, 도망칠 수 없는 거네요……."

"왜 내가 최종보스인 건지 슬슬 설명해줬으면 좋겠는데."

곤란한 듯한, 하지만 즐거워 보이는 표정으로, 그녀는 우리 사이를 걷고 있었다.

장을 보고 집에 돌아오자 꽤 늦은 시간이었다.

"우우, 배고파. 레토르트라도 좋으니까 바로 먹고 싶어."

"안 돼요. 제대로 밥을 만들 테니까요."

"도와줄게."

기모노를 벗고 아코의 옷을 빌린 아키야마가 느긋하게 말했다.

또한, 가슴 부분이 남는다며 미묘한 표정을 지은 건 모르는 척 하고 싶다.

"……그다지 들어본 적이 없는데, 세테 씨는 요리 같은 것도 하나요?"

"못하는 걸로 보여?"

"안 보여요."

굉장히 요리가 능숙하다는 이야기는 세가와한테 가끔 들었다.

"밸런타인데이 때의 오하기, 그거 직접 만든 거죠?"

"응. 팥도 직접 만든 거야."

그걸 만들 수 있는데 밥을 못 만들 리가 없나. 굉장히 맛있었으니까.

"지금까지 이러니저러니 하며 아코한테 맡긴 적이 많았으니까, 오늘은 같이 만들자."

"네, 네에……."

아코는 왜 무서워하는 걸까.

"수완이 좋은 사람은 거북해서요."

"천천히 만들자."

그렇게 두 사람이 주방으로 사라지자, 다시 내가 할 일이 없어졌다.

"목욕탕 청소나 할까……."

이제 매일 밤 목욕탕을 청소하고, 잠시 방 정리를 하는 게 일과가 되었다.

"다 됐어!"

아키야마가 그렇게 말한 것은 그로부터 한 시간 가까이 지나서였다.

겨우 다 됐나! 배고프다고!

"의외로 시간이 걸렸네. 슬슬 죽을 것 같았다고."

"이 시간에 조림에 손을 댄 건 실패였어. 지금도 푹 조리지는 못했거든."

"얼마나 진지하게 만든 거야……."

속까지 열이 들어가면 그걸로 된다고.

"다 됐어요……."

그리고 뒤에서 반쯤 울상인 아코가 따라 나왔다.

"왜 요리를 만들었을 뿐인 아코를 울린 거야?"

"아무것도 안했거든?! 사이좋게 즐겁게 만들었어!"

"세테 씨, 저보다 요리를 잘 했어요……."

"나는 아코의 요리가 더 좋아!"

"루시안!"

"먹기 전부터 그런 말을 하는 거야?! 적어도 먹고 나서 말해줘!"

설령 맛에서는 지더라도 애정으로 아코가 이깁니다.

참고로 두 사람의 요리는 다른 방향으로 무척 맛있었지만, 한쪽을 칭찬하면 한쪽이 토라지기 때문에 무척이나 힘든 식사였다.

"배도 가득 찼으니까, 방어하자~."

"오~!"

"네~."

이쪽이 메인 퀘스트니까, 제대로 지켜야지.

"아, 근데 내 컴퓨터, 집에 있는데…… 어쩌지?"

"아아, 세가와랑 같나…… 그럼 아코랑 교대해서―."

"한 대 더 있어요."

"어째서 있는데?!"

"마스터가 놓고 갔어요."

"그 사람 진짜로 대단한 사람이네!"

잊어버리고 갈 타입이 아니니까, 앞날을 읽고 놔두고 간 게 틀림없다.

고맙군, 고마워.

"제대로 돌려줘야겠네."

"그럼 셋이서 지킬 수 있겠네!"

아코 방에서 3인 1조로 로그인했다.

"오, 랜덤 웨이브가 와 있었네."

"하지만 곧 끝날 것 같네요."

적은 다 나온 모양이라, 남은 적들이 함정에 처리당하고 있었다.

"굉장하네, 이런 느낌으로 지키는 거구나."

"다들 열심히 만들었으니까."

가만히 방치해도 적을 쓰러뜨리는 함정을 보고 세테 씨가 감탄했다.

굉장하지? 슈바인 개막 격추 존과 마스터 배수진!

그때, 오우거가 느릿느릿 다가왔다.

"켁, 오우거도 나왔던 건가."

"후반이니까요."

내버려두면 현관이 공격당할 것 같다.

스턴을 넣고 함정에 계속 빠뜨려서 시간을 벌었다.

그럼에도 좀처럼 죽지 않아서, 결국 정원을 넘어서 현관 앞에서 어찌어찌 쓰러뜨릴 수 있었다.

"힘드네."

"커다란 게 곤란하네요."

"이렇게 있어도 못 막는구나."

"HP가 많은 적이니까."

오우거는 딜보다 HP가 뛰어나다. 적으로 상대할 때는 시간이 걸릴 뿐인 잔챙이지만, 방어가 임무라면 성가시지.

"곤란하네요."

"랜덤에서 이래서는, 고정은 버티지 못할지도……."

"으~음."

아키야마도 함정 배치를 보면서 뭔가 고민하고 있었다.

"이거, 최초와 최후에 함정을 엄청 깔아서, 거기서만 쓰러뜨리는 거야?"

"그런 느낌으로 작전을 세웠는데."

"흐~음……."

아키야마가 복잡한 표정으로 화면을 응시했다.

어째서지? 선생님에게 채점을 받는 듯한 기분인데…….

"뭔가 문제인가요?"

"저기, 이 배치를 생각한 거, 아카네랑 쿄우 선배야?"

"어떻게 알아챈 거야?"

"아무튼 왕창 때려 붓고, 쓰러뜨리지 못한다는 생각은 안 한다, 같은 배치니까."

"잘 알고 계시는군요!"

그 두 사람의 제안입니다!

"덕분에 함정이 제대로 발휘돼도 쓰러뜨리지 못하는 적이 오면 곤란하긴 해."

"한 곳에 모아놓는 건 효율이 좋아 보이지만…… 타이밍에 따라서 아무 상처도 없는 적이 있지 않았어?"

"함정에 쿨타임이 있으니까, 운 나쁘게 전혀 맞지 않는 적도 나와요."

"그게 커다란 녀석이라면 곤란하겠네……."

흠흠 하고 함정 배치와 자신이 만들 수 있는 함정 같은 걸 비교하던 세테 씨는 우리를 돌아봤다.

"저기 말이지, 다들!"

그리고 우리를 척 가리켰다.

"생각이 너무 편중됐어!"

혼났다! 불합격인가, 불합격인 건가?!

"저희도 열심히 생각해서 만든 거라고요."

"그건 무척 잘 전해지지만, 왜 이 그룹은 다들 이렇게 편중된 생각만 하는 거야?"

아키야마는 곤란한 표정으로 넓은 정원을 가로질렀다.

"이렇게 정원이 넓으니까, 모든 곳에서 제대로 지켜내자."

"그렇게 말해도 어려워요……."

"처음에 시도해봤어. 이 넓은 정원에 함정을 놓자고."

하지만 한 마리만 이동해도 쿨타임에 들어가서, 그다지 의미가 없었다고.

"함정은 광역공격이니까, 많은 적에게 맞추지 않으면 효율이 나쁘더라고."

"그걸 반대로 생각하면?"

"어?"

"처음부터 한 마리밖에 공격할 수 없는 아이라면 최대효율로 움직인다는 거잖아?"

"……단일 공격 함정인가."

그건 생각하지 못했다.

왠지 이펙트로 봐서는 광역 공격이라는 느낌인 것밖에 없어서, 단일에게 화력을 뿜어내는 함정은 상정하지 못했었으니까.

"단일 공격 함정이라니, 있나요?"

"있어."

세테 씨가 키를 누르자, 그 자리에 움직이는 갑옷 같은 몬스터가 펑 하고 나타났다.

"이거야, 가디언!"

"검을 든 리빙 아머의 색상 변환인가?"

"재탕이네요."

"쉬잇~."

운영진도 여력이 없다고. 어쩔 수 없어.

"이 아이, 근처에 온 적을 때리는 소드 가디언이야. 서머너 스킬로 제조할 수 있는 것 같아. 원래부터 한 명밖에 공격할 수 없으니까, 정원에 놔두더라도 제대로 움직일 거야."

"그렇군요. 남아도는 공간을 활용할 수 있는 거네요."

"맞아! 이런 걸 정원에 잔뜩 깔아서, 커다란 적에게 대항하자! 싸움은 숫자야. 아코!"

"그거 말한 사람 죽었는데……."

"나는 죽지 않는걸!"

적이 이쪽을 때리지 않으니까, 이벤트를 하다가 죽을 요소는 없긴 하지.

"어떤 가디언을 만들 수 있나요?"

"어어, 딜이 잘 나올 것 같은 건 보우 가디언일까?"

"만들 수 있나요?"

"모두의 남은 소재를 받을 수 있을까?"

소재를 긁어모아서 가까스로 열 마리의 보우 가디언을 정원에 배치했다.

그리고 창고에서 소재를 가져와서 소드 가디언 다섯 마리, 서머닝 울프를 익힌 조건으로 생산할 수 있다고 하는 울프 가디언도 다섯 마리 배치했다.

보우 가디언은 공중의 적도 공격할 수 있으니까 안정감도 늘어난 것 같았다.

세테 온 스테이지
전부 다 써야지!
보우 가디언
울프 가디언
소드 가디언
아키야마 씨의 방어 사상

"아무 쓸모도 없던 정원에, 이렇게나 생기가 돌다니!"

"이 존은 『세테 온 스테이지』라고 이름 붙여요."

"미, 민폐스러운 이름이네……."

만든 사람의 이름이 붙습니다. 포기해주세요.

"아군이 늘어나니까 겉으로 봐도 믿음직스럽네요."

"아키야마가 있어줘서 다행이네."

"그렇지?"

하지만 곤란하네, 숫자가 한계다. 더 이상 늘리려면 가구를 좀 더 지워야 한다.

"집이 점점 꾀죄죄해져요……."

"완벽하게 지켜내면 다시 되돌릴 수 있어."

오히려 지켜낸 뒤에는 함정 같은 건 하나도 필요 없고.

"나중에 쓸모없어지니까, 가능하면 적은 숫자로 헤쳐 나가고 싶은데……."

"저기저기, 니시무라. 결혼 스킬로 강제 호출을 익혔으면, 확률적으로 적을 튕겨내는 용수철을 만들 수 있다던데?"

"아코가 익혔을 텐데……."

"아, 만들 수 있어요. 하지만 왠지 미묘해 보여서 준비하지 않았는데요."

20퍼센트의 확률로 적을 날려버린다, 라…….

"몬스터를 바깥으로 튕겨내서, 문제를 뒷전으로 미룬다…… 아코다운 함정이네!"

"엑……."

그것도 설치해보자!

그런 짓을 하다 보니 벌써 고정 웨이브가 눈앞으로 다가왔다.

최종 웨이브가 내일 밤이므로, 퀘스트 중에서도 꽤나 후반이다.

틀림없이 난이도가 높을 것이다. 기합을 넣어야지.

◆아코 : 제군, 전쟁은 좋아하나요?!

어째서인지 아코가 가디언 앞에서 연설을 시작하고 있는데—.

◆아코 : 크리크! 크리크!

아, 도중에 전부 날려버렸다.

놀고 있는 사이, 오른쪽 하단에 팝업이 떴다. 몬스터 웨이브, 스타트.

"자, 왔어!"

"갑니다~."

"무땅, 고!"

적은 포와링, 고블린, 배트에 오우거…… 지금까지 나타났던 몬스터의 올스타인가!

"양이 더욱 늘어났는데요!"

"저번 웨이브보다 줄어들 리가 없으니까, 그야 늘어나겠지!"

"이거 다 막을 수 있어? 괜찮아?"

"세테 씨에게 기대할게!"

우리 둘만으로는 절대 무리니까!

적은 지금까지 없었던 양으로 개막 격추 존을 점점 돌파해나갔다.

"오우거가 오고 있어~ 열 마리 정도! 더 큰 것도 섞여있어!"

"역시 이번에는 힘들지 않을까요?!"

"세 마리는 오버실로 오자마자 쓰러뜨릴 수 있어!"

오버드 실드를 순서대로 맞춰서 넉백을 날렸다. 세 마리 정도는 발을 묶을 수 있었지만, 나로서는 이 이상은 힘들어!

"무땅, 아우우웅!"

무땅의 광역 스턴이 적의 발을 묶었다.

그 틈에 함정이 맞고, 나도 넉백을 넣었다. 좋아, 이 루프 좋네.

"용수철은 움직이나요?"

"의외로 통하고 있는 것 같아."

아코가 놓은 유일한 방해 함정, 문제를 뒷전으로 미룰 뿐인 용수철이 꽤나 괜찮게 일해주고 있다.

발동만 하면 위에 있던 적을 전부 바깥으로 날려버리니까, 지나가는 적이 늘어나면 발동 확률도 올라간다.

"정원 안까지 적이 왔어요!"

"다들 힘내!"

세테 온 스테이지도 전투 개시!

울프가 오우거의 발을 깨물고, 가디언이 베어 들어갔다. 가디언에게는 공격 판정이 있는지, 오우거는 곤봉을 휘두르며 크게 날뛰기 시작했다.

"수리! 수리할게요!"

아코가 필사적으로 가디언을 수리했다.

그 사이에도 보우 가디언은 오우거에게 불화살을 계속 쏴서 HP를 팍팍 깎아나갔다.

"가디언 강하네!"

"강한 적에게는 단일 공격이네요!"

"씨익~."

세테 씨가 씨익 웃고 있는데, 그 사이에도 적이 계속 늘어났다!

"점점 밀리고 있어요!"

"가디언이 부족한 건가아~."

"숫자는 충분하다고 생각하지만, 그 이상으로 적이……."

문제는 적의 숫자 자체가 많다.

단일 공격인 세테 온 스테이지는 딜은 나오지만 숫자에 약하다.

오우거 앞에 고블린이나 울프가 뛰쳐나오면 그쪽을 공격해 버리니까 오우거의 체력을 깎을 수가 없다.

"가디언으로 오크 네 마리는 막을 수 있을 것 같은데요."

"나머지는 마스터 배수진으로 세 마리 막을 수 있을까?!"

"여기까지는 깎았지만, 함정만으로 마지막 한 마리는 무리 같아!"

"저 더욱 커다란 녀석인가!"

하필이면 그레이터 오우거가 남아있다니!

일반적인 오우거의 레어종으로, HP와 방어력이 더욱 올라간 녀석이다. 슈나 마스터라도 꽤나 시간을 들여야 쓰러뜨릴 수 있는 몬스터다.

"아키야마. 이쪽을 쓰러뜨리면 갈 테니까 어떻게든 시간을 벌어줘!"

"서둘러 수리하러 갈 테니까요!"

"응, 시간 벌게."

세테 씨는 느긋하게 대답한 뒤에 문득 이쪽을 봤다.

"저기저기, 근데 말이지~."

그리고 장난스레 웃었다.

"쓰러뜨려도 딱히 상관은 없는 거지?"

"엥?"

"후엣?"

아키야마가 키를 두드리자, 꼬리를 흔들고 있던 무땅이 문득 몸을 앞으로 기울인 자세를 취했다.

오토 이동 모드에서, 유저 조작 모드로 전환했다는 증거다.

◆세테 : 가자, 무땅!

채팅과 함께, 운명을 이어놓은 듯한 붉은 실이 세테 씨와 무땅을 연결했다.

그 직후, 주변에 울려 퍼지는 울음소리에 맞춰서 공중에 보름달 이펙트가 나타났다.

"고~!"

무땅이 오우거 정면으로 돌진해 날카로운 이빨로 목덜미를 물어뜯고는 곧바로 후퇴했다.

교대하듯이 앞으로 나온 세테 씨가 반짝이는 채찍을 2연타, 쌍룡편(雙龍鞭) 스킬이 오우거의 안면에 직격했다.

"에엑?"

"잠깐, 아키야마, 이건—."

물 흐르듯이 물러난 세테 씨 앞에 무땅이 다시 돌격, 그대로 오우거의 몸을 뚫어버리며 관통했다. 그 이펙트 속에서 세테 씨 본체가 움직였고, 소용돌이를 그리는 채찍이 연속 대미지를 가했다.

화면상에서 무땅과 세테 씨가 움직이는 것에 맞춰서, 아키야마의 손가락이 눈이 쫓아가지 못할 정도의 속도로 키를 두드렸다.

"뭐, 뭔가 굉장한데요?!"

공격이 끊임없이 이어지고, 합계 14회의 스킬이 연속으로 오우거에게 꽂혔다.

스킬 연타가 이어지는 가운데, 공중의 보름달이 흐릿하게 점멸하기 시작했다.

그 타이밍에 무땅이 세차게 울부짖자 오우거의 움직임이 우뚝 멈췄다.

"이걸로—."

무땅과 세테 씨가 그 자리에서 한 바퀴, 춤추듯이 빙글 회전했다.

그대로 오우거의 좌우로 갈라지자, 동시에 스킬 이펙트가—!

"마지막~!"

양쪽에서 가르고 지나가자, 거대한 오우거의 HP가 제로까지 떨어졌다.

우와, 진짜로 쓰러뜨려버렸어!

"거의 체력 MAX였던 그레이터 오우거를 7.5초 만에 섬멸하다니……."

"에에엑?! 저 커다란 오우거가 이렇게 바로 죽었던가요?"

그럴 리가 없잖아.

모든 오우거를 쓰러뜨리는 사이 잡졸들이 함정에 처리돼서 무사히 웨이브 클리어 표시가 나왔다.

오오, 평범하게 타개해버렸어.

"해냈다, 사망 플래그 타개했어!"

아키야마가 이예~이! 하고 아코와 하이파이브를 했다.

응, 굉장해. 굉장하지만—.

"너, 뭐한 거야……?"

"어? 그거 있잖아, 하울링 러시라고 하는 거."

"그건 알고 있지만!"

그런 걸 묻고 있는 게 아니라—!

"저는 그것도 모르는데요. 하울링 러시라는 게 어떤 스킬인가요?"

그쪽부터냐!

에잇, 알았어. 설명해줄게.

"하울링 러시라는 건 스킬이 아니라, 유저의 콤보라고나 할까, 테크닉이야. 원형 몹몰이나 예측 리커버에 가까워."

"그건 들은 적 있어요."

원을 그리면서 적을 끌고 다니는 원형 몹몰이나, 적의 행동 루틴을 알고 앞을 미리 예측해서 상태이상 회복마법을 거는 예측 리커버 같은, 유저의 테크닉에 의존하는 기술이다.

"구체적으로 설명하면, 러시 이펙트라는 스킬과, 하울링 문이라는 스킬의 조합이야."

화면의 무땅을 가리켰다.

"러시 이펙트는, 다음에 사용한 소환수 버프 스킬이 서머너 본인에게도 걸리는 스킬이고, 하울링 문은 자신이 메인 타깃의 정면에, 누구보다도 가까운 위치에 있으면 다음 공격 스킬을 한 번만 1.5배, 쿨타임 절반으로 때릴 수 있는 버프야."

"흠흠."

아코는 아직 설명에 따라올 수 있는 모양이다.

"그럼 연속해서 쓰면, 하울링 문이 자신하고 무땅에게 걸리니까, 그걸로 공격할 수 있다는 건가요?"

"그런 거지."

"하지만 1.5배로 두 번만 공격해도 별로 강하지 않은 거 아닌가요?"

"그렇지 않아!"

아키야마가 의기양양하게 말했다.

"방금 봤을 거라 생각하지만, 하울링 문은 효과시간이 꽤 길잖아?"

"하지만 한 번만 통한다고 했었잖아요."

"적의 정면, 가장 가까운 위치에 있으면, 이라는 게 조건이거든? 다른 캐릭터를 그 위치에 세우고 나서 교대하면, 효과가 계속 발동해."

"……어어, 저기, 그건."

아코의 얼굴이 새파래졌다. 오오, 알아챈 모양이다.

"하울링 문의 효과가, 러시 이펙트의 영향으로 무땅과 세테 씨 양쪽에게 미쳐. 그럼 그 상태에서 교대로 적의 정면에 서면서 스킬을 연타하면?"

"엄청 강하, 겠네요."

터무니없이 강합니다.

"하지만 기다려주세요, 이상하잖아요. 그걸 어떻게 조작하는 건가요?"

"무땅을 수동조작으로 바꾸고, 본체랑 무땅, 두 캐릭터를 동시에 따로 움직이면서 교대로 적 앞에 세워서 두 캐릭터의 스킬을 정해진 순서로 특정 타이밍에 14연타하고, 마지막에는 샤우트로 움직임을 막은 틈에 동시조작해서 양 사이드로 나뉘어 사이드 어택 보너스가 있는 큰 기술을 때리면 OK."

"물리적으로 가능한가요?"

지금 눈앞에서 했잖아.

위키에도 실려 있는 유명한 기술로, 물론 누구든 쓸 수 있다. 쓸 수는 있지만…….

"레전더리 에이지에서 가장 고난도 테크닉 중 하나라고 생각해."

연습하지 않으면 나도 못하니까.

"세테 씨, 어떻게 한 건가요?"

"연습 중이었거든."

아키야마는 싱글벙글 웃으며 마우스를 매만졌다.

"실전에서는 아직 잘 쓰지 못했었는데, 역시 모두와 함께 있으니 안심이 되서 성공했네~."

"이 사람, 무서워요……."

"나도 오랜만에 그렇게 생각해."

그야 세테 씨도 1년이나 했으니까, 큰 기술 하나 정도는 익히는 게 당연하긴 하다.

하지만 후배라고 생각한 상대가 곧바로 옆까지 와버렸다

는 건, 기쁘기도 하고 무섭기도 하다.

"왠지 세테 씨한테 추월당한 기분이……."

"아코도 힘내자. 힐러한테도 큰 기술 있거든?"

"어떤 기술인가요?"

"저스트 힐이라고 해서, 즉사 공격에 힐을 프레임 단위로 맞춰서 사망을 회피하게 만드는 테크닉이야. 고양이공주 씨는 콧노래를 흥얼거리면서 해."

"그 사람은 대체 뭔가요!"

서버의 톱클래스 힐러입니다.

왜 우리 길드에 있는 걸까…….

"이걸로 고정 웨이브도 끝났고, 최종일만 남았네."

이 편성이라면, 내버려둬도 랜덤 웨이브에는 지지 않을 것이다.

남은 문제는 최종일의 고정 웨이브.

"나머지는 나와 아코만으로, 해야 하나……."

"퀘스트 화면에는 남은 웨이브 한 번, 다음은 내일 오후 8시라고 적혀있네요."

"오후 8시…… 내일은 낮에 웨이브가 없는 대신 저녁 조금 이른 시간에 최종 웨이브가 오는 건가……."

세가와가 만든 개막 격추 존. 마스터가 만든 배수진. 그리고 세테 씨가 만든 인해전술의 정원. 그리고 내가 준비한 바리케이드에 아코의 요정 수리 부대, 그리고 미루기 용수철.

이 진형으로 최종 웨이브를 버텨낼 수 있을지는 모르겠지만, 나머지는 해볼 수밖에 없다.

긴장하는 나와 아코에게 아키야마가 시계를 힐끔 보며 말했다.

"그보다…… 이런 시간에 아직도 있다는 건, 정말로 니시무라는 여기서 묵는 거네."

"그렇게 말했잖아."

"듣기는 했지만 놀랍네."

"오히려 세테 씨, 정말로 묵고 가는 건가요?"

"방해일지도 모르지만, 둘이 묵는 걸 내버려두는 것도 조금……."

"오히려 감사합니다!"

"어째서인가요?!"

아니, 정말로, 아코랑 둘이 있는 건 무섭다니까.

"어제까지는 어떻게 잤어?"

"모두 이 방에서 잤어요."

"그럼 나는 거실로 갈까……."

"루시안도 같이 있었잖아요!"

야, 말하지 마!

"에에엑……."

거봐! 에엑, 이라는 리액션이 나오잖아!

"잘 때까지 이것저것 이야기하자고 해서, 수다를 떨었어요."

"그건 좋네! 좋지만…… 두 사람 다, 용케도 부끄러워하지 않네?"

"이미 합숙에서 몇 번이나 모두 함께 잤으니까요."

철야한 적도 있거니와 곯아떨어진 적도 있다.

하지만 역시 아키야마가 있는 방에서 자는 건 미안하다.

"뭐, 나는 소파에서 잘 테니까, 나머지는 둘이서……."

"혼자 두지 말아주세요오."

"내가 있으니까 혼자는 아닌데?"

"세테 씨가 있으니까, 저를 혼자 내버려두면 곤란해요!"

"너무하지 않아?!"

아코가 신변의 위협을 느끼고 있는 모양이다.

"어쩔 수 없네. 니시무라는 여기서 자."

아키야마는 방구석에 있던 이불을 바닥에 깔고 툭툭 두들기며 말했다.

"어, 그래도 괜찮은 거야?"

"니시무라가 뭘 하지는 않을 거잖아?"

"그 신뢰감은 어디서 나오는 거죠?!"

"최악의 경우 조금 이상해지더라도, 제대로 제압할 수 있으니까."

"제압하는 법을 알고 있어?"

호신술이나 뭐 그런 건가?

"여성의 일반교양이야."

어느 세계의 여성인 걸까.
내가 알고 있는 여성과 다르다.
"그리고 나랑 아코가 함께네~."
아키야마가 아코를 끌어안고 그대로 침대에 누웠다.
"꼬옥~."
"우우, 더워요."
"괜찮잖아~."
왠지 세가와나 마스터가 있을 때보다는, 여자아이랑 여자아이가 있는 분위기다.
이런 거, 사람에 따라 다르구나.
"있지있지, 무슨 이야기할까? 수학여행지의 밤 같은 느낌이라 두근두근하네~."
"지금까지 수학여행에서는 쉬기만 해서 잘 모르겠어요."
"올해는 즐기자!"
"추억을 만들자, 아코!"
"네, 네에."
그런 슬픈 추억은 두 번 다시 없게 할 테니까!
"근데 수학여행이라고 해도, 여기는 내가 있는데 말이지……."
"남자가 놀러온 느낌이라 더 콩닥콩닥하지 않아?"
"수학여행 가서 여자 방에 놀러간다니, 도시전설인 게……."
"그래? 즐거울 것 같은데……."

아키야마는 살짝 내 쪽을 봤다.

"수학여행 때는 와줘."

"아무리 고양이공주 선생님이라도 진짜로 잡을 거라 생각하는데요."

"나, 아카네, 아코가 있는 방이라면 잡히지 않을 거라 생각하는데?"

"그 3인조가 한 방이 된다면 생각해 보지."

남자 쪽에서 들킬 것 같지만.

"아직 나중 이야기이지만요."

"수학여행은 가을이니까~."

1학기가 끝나고, 여름방학이 끝나고, 2학기가 시작되고, 그리고 더 이후니까.

"……저기, 세테 씨."

그때 아코가 조금 작은 목소리로 말했다.

"이후에도…… 이대로 지낼 수 있을 거라 생각하나요?"

"갑자기 진지한 말을 하다니 무슨 일이야?"

"아뇨, 저기……."

아코는 부끄러운 듯이 말을 이었다.

"즐거운 이벤트가 있는데, 다들 전혀 오지 못하는 게 처음 있는 일이어서요."

"아아……."

아키야마는 살짝 미소 짓고는 살며시 아코의 뺨을 만졌다.

"쓸쓸해졌어?"

"불안해진 걸지도 몰라요."

"그렇구나."

그렇게 말하면서 아코의 뺨을 조물조물 주물렀다.

아코는 그대로 당하고 있었다.

"전에 헤테 히가 말했듯이, 모두 뿔뿔이 흐터지는헤 아닐까 해서여."

조물조물 하고 있으니까 말하지 마, 말하지 마.

"으~음, 글쎄……. 확실히 다들 각자 다른 일로 바빠지면, 그룹도 뿔뿔이 흩어지기도 하지만……."

아키야마는 주무르던 뺨에서 손을 뗐다.

그리고 불안하게 움켜쥔 아코의 손에 손을 얹었다.

"하지만 조금이라도 시간을 내서 모이자고 생각할 때는, 다들 함께할 거야."

"괜찮을까요?"

"응."

게다가, 라며 조금 수상한 미소를 지었다.

"정말로 큰일일 때는 분명 도와주러 올 테니까. 믿으면 돼."

"……네."

"나도, 제대로 도와주러 올 테니까!"

그렇게 말하며 아코를 덥석 끌어안았다.

"부부부부부."

"아코한테서 휴대전화 진동음 같은 소리가 나오고 있는데……."

"이크크, 미안~."

"깜짝 놀랐어요."

그럼에도 조금 안심했는지, 아코가 하암 하품을 했다.

"안심했더니 졸려졌어요."

"그러게. 나도 지쳤어."

"그럼, 잘 자."

불을 끄고, 눈을 감았다.

잘…… 자…….

쿠울.

…….

………….

……………….

꿈결 속에서, 긴 듯도 하고 짧은 듯도 한 시간이 흘렀다.

"……니시무라. 일어나 있어?"

"……으응?"

말이 걸려 와서, 비몽사몽하면서 대답을 했다.

살짝 눈을 뜨자, 어둠 속에서 멍하니 아키야마가 일어난 것이 보였다.

"지금 일어났는데…… 왜……?"

"자, 자고 있었구나."

"자고 있었는데……."

"이 상황에서 숙면이라니, 니시무라도 꽤 신경이 두껍네."

실례네. 이런 유리 같은 마음의 소유자한테.

"아키야마야말로 의외로 섬세하네."

"의외라니 뭐야?"

"뭘 하더라도 무적, 이라는 표정이니까."

"내가 언제나 그런 표정이야?"

아키야마는 언제나처럼 태연하게 말했다.

응, 그런 표정이지만…… 아니, 아닌가.

"그런가…… 무적이라는 표정을 보이려고 하는 거니까…… 의외인 건 아닐지도……."

"……뭐?"

아키야마가 어리둥절해했다.

아아, 정말, 졸려서 뭐가 뭔지 잘 알 수 없게 됐다.

"그리고 말이지, 무적의 리얼충이다~ 라는 표정을 짓고 있을 때보다, 영문을 모르겠어~ 라며 곤란해 할 때의 아키야마가, 귀엽고…… 그쪽이 더 좋아……."

후암…… 미안…… 잘래…….

"……저기, 니시무라."

"으응~?"

"평소에도, 이러면 좋겠는데?"

"지금 무슨 소리를 하는 건지 잘 모르겠는데……."

"왜 모르는 건데?!"

잘 자…….

"으응……."

오늘은 아무 꿈도 꾸지 않았다. 슬슬 일어날까 해서 자기 의지로 일어나는, 은근히 또렷한 각성. 이런 날은 좋은 일이 있다니까.

힐끔 침대 쪽에 시선을 보내자, 아직 누가 자고 있었다.

좋아. 오늘은 마지막이 아니었어.

"영차~."

벌떡 일어나자, 침대에서도 누군가가 일어났다.

"좋은 아침……."

아키야마, 눈 밑에 다크 서클이 껴있는데……?

"좋은 아침…… 안 잤던 거야?"

"왠지 진정이 안 돼서."

"내가 있어서? 말해줬다면 거실에 갔을 텐데."

"그렇긴 하지만, 그런 건 아니고."

우우, 하고 복잡한 표정으로 나를 바라봤다.

뭔가 잘못이라도 했나? 혹시 코를 심하게 골았다든가?

"……니시무라."

"응?"

"역시 어제 같은 게 좋거든?"

"뭐가?"

"그게, 친숙하고 자연스럽게 이야기했었잖아?"

"언제?"

"어, 그게, 밤중에."

"밤중……?"

"기억 안나?!"

어, 밤중에 뭔가 했었던가……?

아니, 확실히 조금 대화를 한 기억은 있지만, 그렇게 대단한 이야기는 아니었는데? 이 상황에서 용케 자네, 라는 말을 들었을 뿐이었고.

"세테 씨."

우리의 이야기 소리로 일어났는지, 아코도 머엉~한 목소리로 말했다.

"루시안, 엄청 졸릴 때는 무슨 소리를 하는지 잘 기억하지 못하는 사람이에요."

"나, 뭐라 말했었나?"

"기억해줘!"

"죄, 죄송합니다!"

4장

"채리로 왔다!"

아키야마가 떠나간 아침.

이걸로 남은 사람은 나와 아코뿐이다.

“오늘은 다들 바쁘다고 했었지?”

“그렇죠. 아무도 안 와요.”

“……왠지 쓸쓸하네.”

“처음부터 두 사람만 있을 예정이었는데…… 왠지 부족한 기분이 드네요.”

원래 둘이서 묵었어야 했는데, 다들 슬쩍슬쩍 찾아와서 줄곧 떠들썩했으니까, 이렇게 둘만 있게 되니 집 안이 조용하게 느껴진다.

그때, 아코가 나를 빤히 바라봤다.

“이걸로 두 사람뿐…… 이네요…….”

“평소랑 똑같잖아.”

“그렇긴 하죠.”

사람이 줄어서 부족해 보이긴 하지만, 그렇다고 둘만 있는 게 불만인 건 아니다.

“오늘은 뭘 할까요?”

“최종일에 할 일들은 뭐가 적혀 있어?”

"벌써 전부 끝났어요."

아코가 든 메모에는 모든 항목에 사선이 그어져 있었다.

집을 보면서 할 일도 무사히 클리어했나.

"일단 마지막에 청소 정도는 할까요?"

"그럴까?"

집지키기 요원으로서 깔끔한 집안으로 환영해야지.

"그리고 숙제도 해야지."

"……그거, 안 하면 안 되나요?"

"숙제를 하지 않는다는 선택지는 처음부터 없었거든?"

시험 결과가 안 좋으니까 평균점 정도는 노력하라고.

또한, 오늘은 아코를 대신해서 내가 점심을 만들었지만—.

"왠지 아빠 같은 느낌으로 맛있어요!"

"남편조차 아닌데 멋대로 아버지로 만드는 건 그만둬줬으면 하는데……."

이런 일들밖에 없었으므로 생략하겠습니다. 자세하게 듣고 싶은 분은 와플와플이라 적어주세요.[#6]

자, 숙제를 하고, 저녁을 먹고 나니 슬슬 라스트 웨이브 시간이다.

최종일인데다 낮의 고정 웨이브를 취소해가며 덮쳐오는

#6 이런 일들밖에~적어주세요. 일본 커뮤니티 2ch에서 에로 관련 글을 적다가 중간에 끊으면서 끼워 넣는 것으로 유행했던 낚시 문장.

셈이니, 엄청난 난이도로 올 것이다.

가능한 한 준비를 해야지.

“슬슬 떼어낼 가구가 없어졌네요.”

“무조건 남겨둬야 하는 건 뭘까…….”

“기본 파츠는 절대로 떼어낼 수 없어요.”

지붕이라든가 창문이라든가 현관이라든가 바닥이라든가…… 그런 파츠는 교환은 하더라도 떼어낼 수는 없다.

그런 최소한의 것들을 제외하고 떼어낼 수 있는 가구 파츠는…….

“플로어링 같은 건 해제할 수 있지 않을까?”

“그걸 떼어내면 저희 집이 아니라고 생각해요.”

“그럼 마스터의 서재 책장을―.”

“하지만 그걸 떼어내면 마스터가 돌아올 것이 없어져요.”

“무기고의 검 같은 건 필요 없잖아.”

“하지만 슈가 실망해버려요.”

“그럼 정원의 관엽식물을―.”

“세테 씨가 골라준 건데요?”

그것도 안 되는 거냐!

결국 전부 떼어낼 수 없는 거잖아!

“그런 소리를 하면 함정을 늘릴 수가 없잖아!”

“그치마아아아안! 모처럼 만든 집이……!”

끝나면 원래대로 돌려놓을 수 있으니까!

“조금 더 늪이나 바리케이드, 그리고 용수철을 늘리고 싶다고…….”

“뿅뿅 뛰게 만드는 건가요?”

“응. 일단은, 설계를 해봤어.”

루트대로 나아가는 경우에 발동하는 함정의 총합 대미지량을 계산해보니, 정문의 슈바인 트랩 존이나 현관 앞의 마스터의 배수진 중 한 곳에서 용수철이 발동한다면, 오우거라도 함정만으로 쓰러뜨릴 수 있을 거라고.

“그러니까 루트를 길게 늘려서, 용수철로 바깥으로 돌려보낼 수 없을까 생각한 거야.”

내 플랜을 설명했다.

“모든 걸 한계까지 활용하려 하는 부분이 루시안답네요.”

“지금부터 공격 함정을 늘려봐야 시간에 못 맞추니까.”

있는 것으로 어떻게든 해나가는 것이 내 스타일이고.

“그럼 이건 루시안 최후의 저항 존이라 부르죠.”

“소용없이 끝나버릴 것 같아서 싫은데…….”

부탁한다. 나의 저항.

우리가 할 수 있는 건 이런 게 한계야.

“이렇게나 있으면 뭐든 쓰러뜨릴 수 있을 것 같은데요?”

“지금 뭐든지 쓰러뜨릴 수 있다고 했어?”

“뭐든지 쓰러뜨릴 수는 없어요. 쓰러뜨릴 수 있는 것만…….”

그런 말을 할 때가 아냐. 벌써 시간 됐다고.

"좋아, 하자! 반드시 지켜내자!"

"네!"

우리만으로는 집을 지켜낼 수 없다니, 그렇지는 않을 거다.

"모두의 집을, 모두가 돌아올 곳을 지켜내요!"

"오오!"

둘이서 주먹을 들었다.

"저희는 둘만 있는 게 아니에요! 협력해준 동료들의 마음이 함께 지켜줄 거예요!"

"오오, 맞아!"

좋은 말을 하는데!

"그리고 저희는 둘이서 하나!"

"그래!"

"어라? 한 명이 되어버렸네요?"

"줄어들었어!"

아니, 개그를 할 때가 아니라고! 온다!

오른쪽 하단에 팝업이 떴다.

몬스터 웨이브 스타트다.

"좋아, 방어 개시! 나는 전선에서 싸우겠어! 상황만 가르쳐줘!"

"알겠습니다!"

아코를 후방에 남기고, 전투 개시!

적의 숫자는…… 너무 많아서 전혀 모르겠어!

뭐가 몇 마리라거나 그런 게 아니라, 이제 그래픽이 너무 겹쳐서 뭐가 있는지도 모르겠다고!

그래도 키가 큰 오우거만큼은 일단 알 수 있으니, 녀석들에게 넉백을 걸어서 시간을 벌자.

빠져나갈 것 같은 적에게는 대미지 기술하고 스턴을…… 젠장, 하지만 벌써 루시안 주변이 적의 바다에 삼켜졌어!

"진짜로 몇 마리나 있는 거야! 아코, 그쪽에서 적의 숫자 보여?!"

"셀 수가 없어요!"

"그렇겠지! 멀리서 보면 어떤 느낌이야?!"

"적이 7이고 화면이 3! 적이 7이고 화면이 3이에요!"

"너무 많잖아아아아아아아아!"

몬스터로 메워져서 바닥이 안 보이는데 어떻게 지키라는 거야!

"그리고 남은 시간이 카운트다운 되고 있는데요."

아코가 굳어진 표정으로 말했다.

"앞으로 한 시간이에요."

"시간이 길어! 낮까지 포함해서 2회 분량이냐!"

얼마나 버텨야 하는 건데!

"아아, 앞쪽에서 함정의 내구도가!"

상황을 보던 아코가 황급히 달려왔다.

"수리 제때 맞출 수 있겠어?"

"요정들도 노력하고 있으니까, 지금은 일단……."

가끔 공격하는 적이 있어서 이곳저곳에서 함정 내구도가 깎이고 있었다.

"틀렸어. 숫자가 너무 많아서 슈바인 개막 격추 존으로는 도저히 막아낼 수 없어!"

여기서 싸워서는 여차할 때 집을 지킬 수 없다. 전선을 물려야겠다.

"가디언과 함께 세테 온 스테이지에서 막겠어!"

"용수철이 통하면 좋을 텐데요……."

세테 온 스테이지에도 정문에서 빠져나온 오우거와 막 참전한 듯한 오크가 무리 지어 덮쳐오고 있었다.

"쳐라!"

"돌격이에요!"

보우 가디언의 연속공격이 우렁찬 함성과 함께 쏟아졌고, 동시에 소드 가디언이 근접공격을 걸었다.

히트 스톱으로 움직임이 둔해지고, 때때로 발동하는 용수철로 튕겨나갔지만, 적들은 숫자로 밀어붙이며 점점 앞으로 나왔다. 뭐야, 이거 레밍즈 같잖아!

"미티어를 쏘고 싶어요!"

"드래소까지는 말하지 않을 테니까, 한 번이라도 란란을 할 수 있다면!"

그런 폭딜 스킬이 없는 우리로서는 함정에 의존할 수밖에 없었다.
그럼에도 계속 밀려서, 정원 구석까지 점점 몰렸다.
"마스터의 배수진에서 지키자!"
"여기를 돌파당하면 이제 집이에요!"
"반드시 지키자!"
우리가 이탈한 후에도 개막 격추 존, 가디언 존 양쪽이 열심히 해주고 있지만, 적의 숫자가 너무 많았다.
운이 좋으면 빠져나갈 수 있는 레벨의 적이라도, 터무니없는 숫자가 있으면 평범하게 돌파할 수 있다.
"기갓치가 무리 지어 몰려왔어요!"
"힘내라, 라이트닝 클라우드!"
번개가 몇 번이나 기가 볼트에게 꽂혀서 선두 한 마리가 무너졌다.
하지만 그 후에도 차례차례 후속 무리가 몰려왔다!
"엑스댐 부탁해!"
"네!"
"으랴아아아압!"
뇌속성 방패로 바꾸고 오버실을 후려쳐서 가까스로 한 마리 쳐냈다.
"엑스댐 팍팍 부탁해. 조금씩이라도 깎겠어!"
"한 마리씩 쓰러뜨려도 끝이 없어요!"
"천릿길도 한 걸음부터라고 하잖아!"

"이제 현관까지 열 걸음밖에 안 남았는데요?!"

"그렇긴 하지만! 그럼 포기할 거야?!"

"싫어요!"

"그럼 하자고!"

"네!"

나와 아코도 한 마리씩이라면 쓰러뜨릴 수 있다.

하지만 여기까지 떠밀려왔는데 갑자기 편해질 리는 없다.

한 발씩 한 발씩 전선이 밀려나서, 마침내―.

"현관까지 오우거가 왔어요!"

"용수철을 전부 빠져나온 건가!"

숫자로 밀어붙여서 운(運) 게임을 빠져나올 줄이야, 이 얼마나 행운을 타고난 오우거인가.

"분명 오우거족 중에서도 에이스일 거예요."

"대장이냐, 이 오우거!"

"목을! 그 목을 내놓으세요!"

두 사람 모두 꽤나 언동이 이상해지긴 했지만, 그럴 때가 아냐!

"아무리 그래도 이젠 무리야!"

"수리가 따라가지 못해요! 함정이 부서져요!"

"오크가 너무 많아! 마지막에 이렇게나 많이 오는 거냐고!"

아아, 마침내 적의 최전선이 집 현관까지 도달했다.

한 마리에게 스턴을 넣고, 다른 한 마리를 날려버리고, 절반을 거대화한 방패로 막고, 그랬는데도 이게 한계다.

"우우……, 모두가, 모두가 있었다면 좀 더 싸울 수 있었는데!"

"우는 소리 해봐야 아무도 도와주러 오지 않는다고!"

"하지만! 그래도!"

◆아코 : 누가 좀! 도와주세요!

아코가 그렇게 채팅을 친 것과 동시에, 오크가 곤봉을 크게 들어올렸다.

그리고 현관문에 곤봉을 내리치려는 그 순간—.

콰앙! 하고 지면이 흔들릴 정도의 굉음이 울려 퍼졌다.

"……어라? 공격받지 않았는데? 표시가 안 나오잖아?"

"오히려 뭔가 폭발했어요."

현관이 부서진 줄 알았는데, 아니었다.

오크가 그 자리에서 무너졌다.

그리고 어딘가에서, 고고고고고고고고 하는 연속된 효과음이 들렸다.

"뭐야뭐야?!"

"루시안, 저쪽이에요!"

아코가 가리킨 곳, 몬스터 대군 너머에— 뭔가 커다란 게 있었다!

요새?! 집?! 아니, 전차인가?!

작은 건물 같은 것이 움직이며 이쪽으로 오고 있어!

"뭐야? 저거?!"

"모르겠어요!"

작다고 해도 집의 3분의 1 정도는 될 법한 거대한 물체였다.

그것이 적들을 깔아뭉개면서 성큼성큼 니시무라 가로 다가왔다.

"적이야?! 보스야?!"

"하지만 적을 뭉개고 있는데요!"

"그럼 아군…… 설마?!"

그때—.

◆애플리코트 : 기다리게 했구나!

그런, 길드채팅이 흘러나왔다.

◆아코 : 마스터!

◆루시안 : 에에에에에엑?!

오지 못하는 거 아니었어?!

◆슈바인 : 버거워하고 있는 것 같구만. 힘을 빌려주지!

◆세테 : 세테땅 입장했다능!

움직이는 요새 상부가 열리고, 그곳에서 세 사람의 얼굴이 나왔다.

◆루시안 : 너희들 뭐하는 거야! 바쁘다고 했잖아! 어떻게 여기 온 거야!

◆애플리코트 : 그야 뻔한 것 아니냐!

마스터가 발밑의 병기를 척 가리키며, 말했다.

◆애플리코트 : 채 리 로 왔 다 !

◆루시안 : 그건 채리엇이잖아아아아아아아아아아!

명백하게 전차라고!

◆애플리코트 : 채리엇은 좋다.

◆슈바인 : 좋다고.

◆루시안 : 좋기는 뭐가! 이런 걸 어떻게 만든 거야!

◆세테 : 왠지 바퀴라든가 엔진 같은 걸 만들 수 있었잖아? 그건 이 전차의 소재였어.

◆슈바인 : 고대 문명의 비밀병기 파츠 A 같은 건 여기에 쓰더라고.

◆애플리코트 : 고정 웨이브 때에는 로그인하지 못했지만, 미묘하게 비어있던 시간은 있었다. 그 시간에 우리끼리 협력해서 조립한 거다!

◆슈바인 : 그 이름도 기동요새, 앵그리 캣이야!

그런 채팅과 함께, 전차의— 앵그리 캣의 주포가 퍼펑! 하고 불을 뿜었다.

◆아코 : 그런 걸 만들 시간이 있었다면 함정을 늘려주세요!

◆루시안 : 그보다 전차라니 어떻게 된 거야! 타워 디펜스는 어떻게 된 거냐고?!

◆애플리코트 : 뭐가 타워 디펜스냐! 이건 MMORPG 아니냐!

◆루시안 : 그렇긴 하지만! 그렇긴 하지만!!

여기까지 열심히 디펜스 해왔잖아!

우리가 놀라는 사이에 전차는 집의 울타리를 넘어서 정원 중앙에 진을 쳤다.

◆애플리코트 : 오물은 소독이다, 발동!

◆세테 : 아이 아이 서~!

앵그리 캣이 주변에 화르륵 불꽃을 뿜어댔다.

적들이 활활 타올랐지만, 그럼에도 녀석들은 앞으로 나왔다.

◆애플리코트 : 음, 오우거가 빠져나가는군. 후부 미사일 런처, 토마호크 장전! 조준은 오토로 전탄 발사다!

◆세테 : 이거 오토로는 못 노려! 어어, 저 오우거면 되는 거지?

전차 뒤에서 미사일이 발사되어 선두에 있던 오우거에게 직격했다.

방금 맞춘 게 저건가?

◆아코 : 미사일?! 미사일 어째서?!

◆루시안 : 세계관은?! 레전더리 에이지는 미사일 전차 같은 게 있는 게임이었던가?!

◆애플리코트 : 문제없다. 이건 기계도시 어거스트 바깥에서 출현하는 미사일 임팩트의 통상공격 이펙트를 재탕한 거니까.

◆루시안 : 그 녀석들, 잃어버린 고대 기계 문명의 병기라

는 설정 아니었던가?!

◆슈바인 : 까다롭네 까다로워!

까다롭지 않아! 중요한 거라고!

◆세테 : 하늘에서도 와!

◆애플리코트 : 대공 전투 준비! CIWS 1번부터 3번까지 사격 개시!

투두두두두! 하고 상부에 설치된 기관총이 불을 뿜자, 케이브 배트가 후두둑 떨어졌다.

◆루시안 : 그거 전차가 탑재할 병기가 아니잖아!

◆애플리코트 : 기동요새라고 하지 않았나!

◆아코 : 이제 뭐든 가능하네요!

◆슈바인 : 훗훗훗!

엉망진창이야!

"하지만 이걸로 지켜낼 수 있겠네요?"

"어떨지……."

증원 덕분에 전투는 무척 편해졌다.

하지만, 애초부터 적의 숫자가 무척 많았다.

그리고 또 하나의 문제가—.

◆애플리코트 : 이상한데? 앵그리 캣의 공격으로 적이 줄어들지 않는다!

◆슈바인 : 뭐, 급조해서 그다지 완성도 높지 않으니까.

◆세테 : 장비도 그렇게 많지 않고, 딱히 강하지 않네.

앵그리 캣의 공격이, 그다지 통하지 않는 거다!

◆루시안 : 왜 만든 거야!

◆슈바인 : 못 온다 못 온다 해놓고 아슬아슬할 타이밍에 전차로 오면 불타오를 것 같아서.

◆세테 : 함정보다 이쪽에 열중했지 뭐야~.

◆애플리코트 : 아무튼 조금 전에 막 완성했으니 말이다.

그쪽도 그쪽대로 즐기고 있었지?! 그런 거지?!

이야기하는 사이에도 적들은 눈앞에 있는 은근히 미덥지 못한 기동요새 앵그리 캣의 옆을 성큼성큼 지나갔다.

◆루시안 : 내려와! 너희들 전차에서 내려와! 평범하게 싸워!

◆아코 : 미티어 빨리요!

◆슈바인 : 모처럼 만들었는데~.

◆애플리코트 : 어쩔 수 없군.

두 사람이 느릿느릿 전차에서 내려왔다.

너희들, 어딜 봐도 평범하게 싸우는 편이 더 강하거든?!

◆세테 : 그럼 루시안하고 아코가 올라타. 같이 움직일까?

◆아코 : 조작을 모른다고요!

오히려 무슨 원리로 움직이는 건데?!

그거 타고 던전 같은 데도 갈 수 있어?!

◆애플리코트 : 릴리스!

◆슈바인 : 란란!

세가와가 돌진해서 검을 휘두르고, 미티어가 적의 무리를 섬멸했다.

나도 보고 있을 때가 아니다. 전투에 참가해야지.

용수철 존을 빠져나가려던 오크 한 마리를 오버드 실드의 넉백으로 날려버렸다.

그때, 그곳을 슈바인의 대검이 헛치고 지나갔다.

◆슈바인 : 넉백으로 공격이 빗나가게 만들다니 어쩔 거야!

◆루시안 : 미안, 시간을 벌려고 넉백을 마구 쓰고 있었어.

◆애플리코트 : 음. 용수철이 있군. 발동하면 미티어가 빗나가버린다만.

어어, 그럼 배치는…….

◆루시안 : 그럼 분담해서, 슈바인 개막 격추 존은 슈가, 마스터 배수진은 마스터가, 세테 온 스테이지는 세테 씨한테 부탁할게.

◆슈바인 : 뭐야, 그 이름?! 내가 개막 격추당하는 것 같잖아!

◆애플리코트 : 내가 배수진 같지 않은가?!

◆세테 : 그 이름 정식 채용했어?!

◆아코 : 그보다도 다들 싸워주세요!

큰일이다. 평소에는 중요한 이벤트라면 현실에서도 집합해서 하니까, 목소리의 연계가 없으면 제대로 돌아가지 않게 돼!

◆아코 : 오우거가 빠져나가요!

◆애플리코트 : 알았다!

◆슈바인 : 지금 가!

양쪽이 다 가면 딜이 부족해져!

이런, 적의 숫자가 더욱 늘어났어!

"루시안, 제 PC가 무거워요!"

"적의 숫자가 너무 많은 거야!"

◆세테 : 미사일 발사!

"미사일의 이펙트가 무거워요!"

앵그리 캣의 화려한 이펙트 짜증나!

◆루시안 : 큰일이야. 이대로 가면 밀리겠어.

◆슈바인 : 뭐야, 일부러 전차까지 만들어서 도와주러 왔는데 지는 거야?!

◆애플리코트 : 그런 말도 안 되는……!

이 심각한 카오스 속에서, 또 한 명—.

줄곧 나타나지 않았던 마지막 멤버가 채팅을 쳤다.

◆고양이공주 : 다들 열심히 했다냐!

그 말이 눈에 들어온 것과 동시에 끼잉 하고 새된 소리가 울렸다.

그리고 현관 주변이 푸른 벽에 둘러싸였다.

◆루시안 : 고양이공주 씨!

◆아코 : 와주신 건가요!

◆고양이공주 : 가까스로 일이 다 끝났다냐!

고맙습니다 고맙습니다! 지금은 한 명이 늘어나더라도 큰 차이다.

◆애플리코트 : 성 쪽은 괜찮습니까?

◆고양이공주 : 그쪽은 다들 마음대로 하게 두면 된다냐.

괘, 괜찮구나. 방임주의네요.

그런 대화를 나누고 있는 가운데 적이 어쩌고 있었느냐 하면, 수수께끼의 푸른 벽에 막혀서 우왕좌왕하다 픽픽 함정에 쓰러졌다.

이 푸른 벽, 어떻게 된 거야?

◆루시안 : 이거 뭔가요?

◆고양이공주 : 모르는 건가냐? 4차 스킬인 렐릭 생추어리다냐!

고양이공주 씨가 엣헴~! 하고 가슴을 펴며 말했다.

◆고양이공주 : 몬스터가 들어가지 못하는 결계 공간을 전개하는 스킬이다냐. 사냥 중에는 안전지대를 만드는 것 정도밖에 도움이 안 되지만, 이럴 때는 무척 편리하다냐!

◆루시안 : 이거, 바리케이드 취급이 아니구나.

바리케이드라면 이동할 길이 없다는 판정에 대충 집 벽을 공격하는데, 이건 아무것도 못하는 건가?

◆고양이공주 : 이 스킬은 특수효과로 안전한 공간을 만들어내는 거지, 적의 이동을 제한하는 건 아니다냐.

◆세테 : 편리하네~.

◆아코 : 익혀두면 좋았을 텐데요.

◆고양이공주 : 전제가 많으니까 지금부터라면 어려울 거

라 생각한다냐.

◆아코 : 우우, 스킬 리셋은 아직 멀었나요…….

같은 4차 직업이라도 스킬을 고르는 것에 따라 구성이 전혀 다르니까, 같은 스킬은 못 익힌단 말이지.

적이 생추어리에 막혀서 곤란해 하는 사이에 함정의 공격이 겹쳐서 점점 숫자가 줄어갔다.

이거라면 어찌어찌— 라고 생각했는데 벽이 사라졌다. 역시 계속 이어지는 스킬은 아닌 건가?

◆고양이공주 : 미팅에서는 둘이서 노력해 보겠다고 했는데, 결국 다들 모인 건가냐?

◆애플리코트 : 내버려둘 수는 없으니까요.

◆슈바인 : 그보다 나는 입시학원에 가는 것뿐이니까, 평소에는 밤에도 집에 있거든.

◆세테 : 나도 늦은 시간에는 아무 일도 없고.

그 시간을 써서 앵그리 캣을 만들고 있었잖아, 너희들!

확실히 왠지 로그인만은 하고 있구나~ 라고 생각했었지만!

◆슈바인 : 이대로 선생님이 생추를 계속 써준다면 이길 수 있을지도 몰라.

◆고양이공주 : 쿨타임이 3분은 된다냐, 줄곧 쓰는 건 무리다냐.

그렇게 말하면서 선생님이 푸른 벽을 다시 만들었다.

효과 1분, 쿨타임 3분 같은, 그런 타입의 스킬인가?

◆고양이공주 : 게다가 슬슬 끄지 않으면 안 된다냐.

고양이공주 씨는 곤란한 듯이 꼬리를 흔들었다.

◆고양이공주 : 방금 전까지 연수가 있었으니까, 실은 학교 부실에서 로그인한 거다냐.

◆루시안 : 아직 집이 아닌 겁니까?

◆고양이공주 : 그렇다냐. 그래서 일단락이 되면 돌아가려고 한다냐.

이게 잠잠해지려면 웨이브가 끝나야 하는데요?

지금은 생추어리가 통하고 있으니까 채팅할 여유가 있지만, 끊어지면 또 지옥 같은 방어전이 시작되니 말이다.

◆세테 : 근데 유이 선생님, 왜 부실로 가신 거예요?

◆고양이공주 : 휴일인데 다들 몰래 부실에 오지 않았는지 확인하러 왔다냐.

◆애플리코트 : 저희를 의심한 겁니까!

◆고양이공주 : 고양이공주 씨의 감으로는, 슬슬 그런 행동으로 나설 것 같았다냐.

◆슈바인 : 할 수도 있다는 건 부정하지 않겠어.

◆아코 : 그러네요.

평소에도 뭔가 저지르고 있으니까.

오히려 아무것도 없는 연휴가 더 드물다.

◆아코 : 선생님. 괜찮아요.

아코가 태평하게 내 옆에 서서 말했다.

◆아코 : 저랑 루시안은 집에서 함께 하고 있으니까, 부실에 가지 않아도 괜찮아요.

◆고양이공주 : 그런 건가냐? 루시안, 아코네 부모님과도 친한가냐?

◆아코 : 부모님은 여행 중이라서요.

◆애플리코트 : 음.

◆슈바인 : 앗!

◆세테 : 아아…….

응? 다들 왜 그러지?

아코가 뭔가 이상한 소리라도 했나? 그저 내가 아코네 집에…….

아―.

◆고양이공주 : 부모님이 여행 중인데 보이프렌드를 데려오다니, 어떻게 된 건가냐아아아아아아아아아!

"잠깐!"

"앗!"

이거 곤란한데― 라고 생각했지만, 이미 출력한 채팅은 지울 수 없다.

이건 거짓말입니다~ 라고 말해도 믿지 않겠……지?

◆고양이공주 : 게다가 다들 바쁠 거다냐. 그런데 부모님이 집에 없고, 아코와 루시안이 이런 시간에 둘이서…… 설마 집에 묵는 건가냐……?

큰일났다큰일났다큰일났다, 완전히 정답에 도달했어!

“아무렇지도 않게 말해버렸어요!”

“저질러 버렸네…….”

“이미 다른 멤버들에게는 들켰으니까 말해도 괜찮을 것 같아서, 평범하게 말해버렸어요.”

“이해해. 이제 숨길 사람은 없다고 생각했으니까.”

“하지만 선생님이 가장 들켜선 안 되는 사람이잖아요?!”

매우 위험한 상태입니다.

◆루시안 : 아니거든요? 오해라고요.

◆고양이공주 : 선생님은 불순이성교제는 안 된다고 생각한다냐.

◆아코 : 그런 짓은 해주지 않는다고요.

◆루시안 : 해주지 않는다고 말할 때냐?!

◆고양이공주 : 안 된다냐아아아!

◆루시안 : 선생님이 걱정할 만한 일은 없으니까요! 괜찮다고요!

내 필사적인 채팅에 선생님은 살짝 고개를 갸웃했다.

◆고양이공주 : 그런가냐?

◆루시안 : 정말이에요!

◆고양이공주 : 그럼 지금부터 아코네 집으로 간다냐!

가장 곤란한 결론이 나왔다!

◆아코 : 그럴 수가, 폐를 끼치잖아요!

◆루시안 : 맞아요 맞아요! 시간도 늦고요!

◆고양이공주 : 어차피 차로 돌아간다냐. 덤으로 가정 방문이다냐.

위험해위험해위험해.

◆애플리코트 : 고양이공주 씨. 그보다도 생추를 써주시는 것이…….

◆고양이공주 : 학생의 건전한 생활보다 중요한 건 없다냐! 당장 간다냐!

이 사람 진심이야! 아아아, 고양이공주 씨가 로그아웃했어!

동시에 생추어리도 사라져서, 벽이 사라진 현관에 적이 몰려들었다.

"우와아아아아아아아! 이제 틀렸어어어어어어어어!"

"어쩌죠?!"

좋아, 이렇게 되면 작전은 하나!

"나는 여기서 돌아가겠어!"

"안 돼요오오오오오오오!"

"어쩔 수 없잖아! 선생님이 오니까!"

"그치만 여기서 루시안이 가버리면 집이…… 모두의 집이!"

"그래도 지금 돌아가면 늦지 않는다고!"

둘이서 실랑이를 벌이는 사이에도 점점 적이 몰려들어서, 마침내 현관이 공격 받기 시작했다!

"끝났어…… 현실의 집도 게임의 집도, 지키지 못했던 거야…….”

“포기하면 안 돼요!”

그때 창밖에서, 타마키 가 앞에 차가 멈추는 소리가 들렸다.

덜컹 차문이 열리고, 누군가가 내렸다—.

††† ††† †††

딩동~ 하고 초인종이 울리는 소리에, 나는 현관문을 열었다.

그곳에는 웃는 얼굴의, 하지만 조금 무서운 오라를 내뿜는 선생님이 계셨다.

“아, 안녕하세요.”

“안녕, 니시무라. 순순히 열어준 건 기특하지만…… 어째서 이런 시간에 타마키네 집에 있는 걸까?”

“그, 그게 말이죠…….”

뭐라고 말해야 할지 고민하던 내게, 선생님이 슬금슬금 압박해왔다.

“어떻게 된 걸까~?”

“실은 저기—.”

“실은 뭐?”

“그게에…….”

이제 말할 수밖에 없다.

실은 이 집에는, 나와 아코—.

"아아, 정말 여유 없으니까 빨리 와줘! 선생님!"
그때, 내 뒤에서 세가와가 얼굴을 내밀며 말했다.
"……어? 어어어?"
"혼란스러워하지 말고 빨리!"
세가와에게 떠밀린 선생님이 거실로 들어왔다.
그곳에 있던 것은—.
"사이토 교사! 오셨으면 어서 생추를! PC는 저기에!"
필사적으로 미티어를 연타하는 마스터.
"오물은 소독이다~!"
앵그리 캣으로 불을 뿜는 세테 씨와—.
"차 타왔어요~."
느긋하게 모두를 대접하는 아코였다.
"그럴 시간이 있으면 앵그리 캣을 수리하라고!"
"그건 그냥 부서져도 괜찮지 않을까요?"
"모처럼 만들었으니까!"
"음, 공중의 적이 늘어났다! 대공 전투!"
"총좌에 앉을 테니까 잠깐 기다려줘!"
나도 빨리 제자리로 돌아가야지!
"니시무라랑 타마키 둘만 있었던 거 아니었니……?"
어라? 선생님이 아직 혼란에 빠졌네.
"선생님, 빨리!"
"생추 써주세요! 벌써 집이 꽤 두들겨 맞았다고요!"

“왠지 무지 큰 포와링이 나왔는데?!”

“함정이! 슈 개막 격추 존의 함정이 부서지고 있어요!”

“함정 부수는 몬스터 같은 게 나와도 돼?! 그보다, 그 개막 격추 존이라는 말 정말 그만둬!”

“요격이다! 킹 포와링을 개막 격추시켜라!”

“개막 격추라고 말하지 말라고!”

“이게 어떻게 된 건가냐아아아아아아아아!”

그렇게 말하면서도, 잽싸게 자리에 앉아서 LA를 켜는 선생님이 좋아요.

전투 결과—.

바리케이드 14개.

가디언 총원 28마리.

그리고 각종 공격 트랩 43개.

그것들을 희생해서, 가까스로 집을 지켜낼 수 있었다.

대승리라고는 할 수 없다. 하지만 틀림없이 집은 지켜내는데 성공했다.

“지쳤다냐…… 이런 격전이 될 줄은 몰랐다냐…….”

“S사이즈의 집이 이거면, 성 사이즈는 대체 어떤 공성전인 건데…….”

“도와주러 가지 않아도 됐던 걸까냐…….”

그쪽은 인원이 있으니까 좀 더 편할 거라 생각하는데 말이죠.

"그래서, 너희들은?"

겨우 여유가 생겼는지 선생님이 우리를 돌아봤다.

"아코 군의 부모님이 부부여행을 가셨다고 해서, 집 보기를 겸해서 합숙을 했습니다."

"그런 거야. 같이 잤다고~."

"같이 목욕탕도 들어가고요~."

세가와와 아키야마가 아코와 어깨동무를 하며 말했다.

아코는 무척 굳어진 쓴웃음이었다.

"그런 거였니…… 헷갈리는 말은 하지 말아줘. 정말……."

선생님은 낙담한 듯도 하고 안심한 듯도 한, 복잡한 미소를 지었다.

"요컨대 타마키네 집에서 묵고 있었다는 거네. 부모님의 허가는 받았니?"

"물론이죠. 덤으로 풀 뽑기 같은 걸 해두라는 말을 들었습니다."

"그 정도는 합숙비로 치고 일하렴."

선생님은 못 말리겠다는 듯이 일어났다.

"그러면 반대로, 부모님의 허가도 없이 들어온 내가 더 문제겠네. 부활동이 아니라 친구끼리 묵는 거라고 생각해둘 테니까, 폐를 끼치지 말도록 해."

"네~."

"그리고 무슨 일이 있으면 먼저 선생님에게 전할 것."

그리고 선생님은 표정을 조금 풀고 말했다.

"클리어 수고했다냐."

††† ††† †††

바깥에서 차가 출발하는 소리를 들으면서도, 모두 잠자코 있었다.

"……."

"…………."

그대로 1분, 2분…… 선생님이 돌아오지 않는 걸 확인한 뒤—.

"세이프였어요!"

"위험했어어어어어!"

전원이 후우~ 하고 한숨을 내쉬었다.

"우리가 도착하고 선생님이 올 때까지 5분도 안 걸렸어."

"아슬아슬~."

세가와와 아키야마도 그 자리에서 책상에 엎어졌다.

그렇다. 이건 고양이공주 씨가 강제 가정방문을 오기 딱 5분 전.

이건 설교를 들을 게 틀림없다며 전전긍긍하며 밖으로 나온 내가 본 것은—.

"기다렸지!"

"얏호~!"

"늦어져서 미안하다."

"다, 다들!"

이런 시간에 마스터의 차를 타고 집합한, 앨리 캣츠 일동이었다.

"방어에 참가하면서 예상한 거다만, 최종일에는 두 사람만으로 방어하기 불가능할 거라 생각해서 말이다."

"그래서 그런 전차 같은 걸 만들었지만……."

"움직여보니 연계도 어렵고, 그다지 강하지도 않고, 모두 모이지 않으면 안 될 거라는 이야기가 돼서, 쿄우 선배한테 마중을 나와 달라고 했어."

전원이 와이파이와 노트북으로 게임을 이어가면서 이쪽으로 와준 거다.

게임 안에 있는 집의 방어도 물론 중요하지만, 마지막의 마지막에 고양이공주 씨가 현실에서 습격해오는 건 정말로 예상 밖이었다.

모두가 와주지 않았다면, 어느 쪽이든 여기서 게임 오버였을 거야.

"무사히 방어할 수 있어서 다행이었지만, 멋진 부분을 뺏겨버렸네."

"저희도 열심히 했는데, 왠지 모두의 덕분인 것 같아요."

"우리 최고로 멋있었지?"

찍소리도 나오지 못할 정도로 멋있었다고, 젠장.

“그래서, 다들 이제 어쩔 건가요?”

아코가 조금 기대가 담긴 눈초리로 세 사람을 돌아봤다.

“이대로 묵고 가실래요?”

“……그야, 벌써 이런 시간이고?”

세가와가 힐끔 아키야마를 봤다.

“지금부터 돌아가도 자는 것밖에 없지?”

아키야마는 마스터를 봤다.

“그리고 눈앞에는 전원 몫의 컴퓨터가 있다.”

마스터는 음 하고 크게 끄덕였다.

그렇다는 건—.

“……할까!”

“해볼까요!”

“당연히 하는 거지! 이대로 아침까지 온라인 게임이야! 그보다 연휴인데 마음껏 로그인하지 못하다니, 평범하게 생각하면 이상하잖아!”

“저기저기, 내 신기술 좀 봐줘! 무땅하고 같이 엄청난 공격을 한다니까!”

“우리의 앵그리 캣은 좀 더 싸울 수 있을 거다! 그걸 증명하자!”

아아, 바빠서 노는 시간이 부족했던 멤버들의 온라인 게임 열기가 한계를 넘었어!

"그래서, 뭘 할 건데? 집 수리?"

"너덜너덜하니까 고치지 않으면 안 되겠네요."

"그것도 좋지만, 재미있는 연락이 왔다."

마스터가 씨익 웃으면서 모니터를 가리켰다.

"당연하지만, 이 이벤트는 집의 크기로 난이도가 변한다. 우리의 집은 S사이즈라서 바로 끝났다만, L사이즈나 LL사이즈, 하물며 성 사이즈라면 습격의 규모도 시간도 격이 다르지. 지금도 전투가 이어지고 있다고 하더군."

"흐음, 이래 봬도 편한 쪽이었구나."

"그래도 성 사이즈의 집이라니, 우리하고는 상관……."

그렇게 말하려다가 뭔가를 깨달은 세가와가 말을 멈췄다.

성 사이즈의 집…… 서, 설마!

"그래, 고양이공주 성은 현재도 전투 중! 격렬한 습격을 버티고 있는 거다! 그러니 우리는 이 앵그리 캣을 타고 원군으로 참가할 거다!"

"앵그리 캣은 필요 없잖아!"

"괜찮잖아. 가보자!"

"나는 벌써 타고 있어!"

"이거, 어느 버튼이 미사일인가요?"

다들 전차에 타고 있잖아!

"알았어, 타면 되잖아! 어떻게 조작하는데?"

"유감이지만, 이 이벤트에 참가한 집 근처에서밖에 꺼낼 수 없다. 성 근처까지는 도보다."

"에잇, 다들 내려!"

그렇게 해서—.

◆애플리코트 : 하~앗핫핫! 앨리 캣츠 등장!

◆슈바인 : 가자! 앵그리 캣! 판처 포!

◆세테 : 미사일 발사! 주포도 발사! 그리고 오물은 소독이야!

◆루시안 : 채리엇은 좋다고!

◆아코 : 좋아요!

◆†클라우드† : 너희들 뭐하러 온 거야아아아아아아!

그런 식으로 와글와글 소란을 부리길 몇 시간…….

바로 조금 전까지 떠들썩했던 거실은, 지금 정숙에 휩싸였다.

"다들 잠들었네."

"그러네요."

바닥에서 몸을 말고 자는 세가와.

몸을 만 세가와에게 안겨서 잠든 아키야마.

쓸데없이 아름다운 자세로 앉은 채 숨소리를 내는 마스터.

그야말로 시체더미들. 살아남은 건 나와 아코뿐이다.

그렇겠지. 느긋하게 휴일을 보내던 우리와 달리, 다들 힘들었을 테니까.

그런데 일부러 여기까지 와줘서, 쓰러질 때까지 놀고…….

"정말로, 최고의 동료들이야."

“그러게요.”

아코는 괴로운 듯이 잠든 세가와에게 홑이불을 덮어주며 말했다.

“모두 바쁘다, 게임에 못 온다고 해서, 조금 불안했지만…… 그러네요.”

살며시 세가와의 머리를 어루만지던 아코가 미소 지었다.

“저희들, 줄곧 동료였네요.”

“그럼. 틀림없어.”

모두의 마음이 하나라면, 언제 어디서든 함께 놀 수 있다.

이곳은 그런 세계니까.

††† ††† †††

이걸로 끝이었다면 평화로웠겠지만, 그럴 수도 없단 말이지.

“……그런데, 난 어디서 자야 하지?”

모두 같이 거실에서 자면 곤란한데…….

나, 그렇게나 거실에서 자고 싶다고 했었는데, 최종일에 거실에서 쫓겨나는 건가.

“그럼 제 방에서 자면 되죠.”

“그러니까 그건 안 된다고.”

“그치만 다들 집에 있잖아요.”

“확실히…… 그럼 괜찮나…….”

아무리 그래도 복도에서 자는 건 싫으니까, 둘이서 아코의 방으로 향했다.

방에 들어온 아코는 침대에 올라가서, 그야말로 기쁜 표정으로 시트를 툭툭 두드렸다.

"자, 오세요!"

"안 들어가거든?"

모두 아래층에 있으니까, 그런 건 없어.

"그치만 마지막이잖아요? 같이 자자고요~."

"아무리 그래도 그건 좋지 않아."

"에이! 괜찮잖아요! 지금까지 줄곧 참고 있었는데요!"

"……뭐, 그건 그렇지."

원래 아코는 나랑 둘이서 보낸다! 라며 의욕을 내고 있었지만, 결국 첫날 이외에는 누군가가 놀러왔다.

하지만 묵으러 온 세가와를 환영하고, 아키야마도 제대로 받아들이는 등 방해꾼 취급은 하지 않았다.

딱히 나도 싫지는 않으니까, 마지막까지 고집을 부리는 것도 좋지는 않을지도…….

"그런 거라면, 오늘은 같이 잘까……."

"정말인가요?"

"아무것도 안하거든?"

정말로 아무것도 안할 거거든?

"해도 괜찮은데요."

"안 합니다."

같이 잘 뿐이라면 겨울 합숙에서도 했으니까, 괜찮겠지.

그런 달콤한 생각을 하며, 나는 아코 옆에 누웠다. 그랬는데—.

"조, 좁아……."

싱글 베드에 둘이서 자는 거니까 평범하게 힘들다.

"슈나 다른 사람하고는 괜찮았는데, 역시 루시안은 크네요."

"그렇게 말하면서 슬금슬금 다가오지 마."

"뭐 어때요? 딱 붙어서 자자고요."

아코는 생긋 웃으면서 꾸물꾸물 이쪽으로 다가왔다.

그만둬, 무섭다고!

"에잇, 정말이지. 알았어 알았어!"

"우왓!"

어중간하게 할 바에는 대놓고 하는 게 편해!

눈앞에서 아코를 양손으로 덥석 안아서 품에 감쌌다.

우왓! 아코, 체온 높아!

게다가 부드럽다. 어디가 그런 게 아니라, 전신이 어디든 부드럽다. 등조차도 몰랑몰랑하다고!

"꼬옥~."

"잠깐, 가슴을 내미는 건 그만둬."

"포근해요~."

"내 가슴팍 어디에 포근해질 요소가 있는 건데……."

영문을 모르겠네.

아코를 안고 있으면 포근해지는 건 알고 있지만.

"우후후후후후후후후."

"괴상하게 웃지 마."

"루시안도 얼굴이 헤실거리고 있는데요?"

이 상황에서 떨떠름한 표정을 짓는 녀석은 과연 삶이 즐거운지 의문인데.

이대로 서로 이상한 미소를 나누면서, 호흡 소리만이 방 안을 메웠다.

마주 보고, 마주 웃으며, 하지만 아무것도 하지 않은 채, 잠시 뒤—.

"……루시안."

웃는 얼굴을 조금 슬프게 바꾼 아코가 말했다.

"저, 역시 귀엽지 않나요?"

"갑자기 왜 그래?"

"그치만, 아무리 모두 함께 있어도, 이 상황에서 정말로 아무것도 하지 않는 건……."

아아, 그런 건가…….

눈치 없는 남자라 미안합니다.

"아니아니, 귀여워. 귀여우니까 엄청 참고 있는 거라고."

아코가 싫어하지 않는 만큼, 참는 것도 필사적이다.

"참지 않아도, 되는데요?"

"속삭이면서 유혹하지 마."

"에이~ 부부잖아요."

아코가 장난스럽게 말했다.

"……."

부부, 부부라…….

아코는 언제나 그렇게 말하지.

"야, 아코. 뭐 좀 물어봐도 될까?"

"네?"

"그 부부라는 거, 포기할 생각은 없어?"

"……네?"

품속에서 나를 올려다본 아코가 움찔 하고 굳었다.

"그건 이혼이라는 의미인가요?!"

"그게 아니라! 평소에 언제나 하던 대화와는 다르다고!"

부부니까요! 부부가 아니야! 라는 게 아니라—.

"확실히 우리는 게임에서 사이가 좋아졌고, 결혼까지 생각했고, 나는 아코를 좋아하고, 아코도 나를……."

거기서 조금 자신감이 없어진 내게—.

"정말 좋아해요."

단언하는 모습이 역시 대단하군요.

"하지만, 아무리 그래도 나는 아직 결혼할 수 있는 나이가 아니고, 결혼해요, 그러자 하고 그리 간단히 할 수 있는 것도 아냐. 아코는 현실에서도 부부라고 하지만, 실제로는 다르잖아?"

"……."

아코는 부정도 긍정도 하지 않고, 나를 빤히 바라봤다.

"그러니까, 게임 속에서는 부부고, 현실에서는 연인으로— 그렇게 잘 해나간다면, 언젠가는 현실에서도 부부가 될 수 있어. 그런 평범한 관계가 되는 건, 안 되겠어?"

아코의 등에 댄 손에 조금 힘을 줬다.

"부부니 뭐니 하는, 나로서는 잘 모를 것들이 아니라, 평범한 관계부터 조금씩 같이 해나가다 보면…… 그러면 나도 좀 더……."

좀 더 뭔가, 아직 잘은 모르겠지만, 그래도 좀 더 뭔가 있지 않을까 하는 생각이 든다고.

"그건……."

"안 되겠어?"

아코는 내 품에 이마를 대고, 몇 번이나 고개를 내저었다.

"그치만, 그치만—."

아코는 필사적으로, 하지만 조금 흐릿한 목소리로 말했다.

"루시안이야말로, 부부라고 말해줘도 되잖아요."

옷을 쥐고.

"저희는 부부가 됐잖아요. 줄곧 같이 있고, 사랑하고, 그래서 좀 더 사이좋게 지내고…… 아무 문제도 없다고요."

"……."

"루시안이 열여덟 살이 될 때까지는, 공식적으로는 부부가 아닐지도 몰라요. 그래도 사실혼이라든가 내연이라든가 이것저것 있다고요."

"질척질척한 단어네."

하지만 나도 비슷한 소리를 하고 있다고 생각한다.

확실히 내가 단념하면 그걸로 이야기가 정리될지도 모른다.

참을 필요도 전혀 없겠지.

하지만 그래선 안 돼.

"……이럴 때가 아니면 말할 수 없지만."

눈앞의 아코에게서 조금 시선을 돌려 뒤쪽 벽을 응시했다.

"아코는, 자주 『제 루시안』이라고 말하잖아?"

"네."

"언제나 부정하지만, 솔직히 내 안의 3분의 1 정도는 아코가 차지하고 있다고 생각해."

"절반 정도로 해주세요. 저는 절반 이상이 루시안으로 되어 있다고요."

그건 조금 더 줄이자.

"하지만, 응. 긴장을 풀면, 정말로 내 절반이 아코가 될 것 같아."

그야말로, 부부라고 정해지기라도 하면, 분명 그렇게 될 거다.

"아코에게 맞춰주면서, 현실에서도 부부라고 선전하고, 전혀 참지 않고— 아코가 내 절반이 되더라도, 딱히 상관은 없어. 싫지는 않아. 하지만……."

지금은 곁에 있어주지만, 그러지 못하게 된다면—.

내 절반이 곁에 없어진다면, 그때는 어떻게 되지?

"어쩌면 이후에, 내가 아코에게 차이고, 내게서 떠난다면…… 내 절반이 사라지면, 나는 이제 못쓰게 되어버릴 것 같아."

그게 무섭다.

지금 아코와 헤어지면 이제 죽을 것 같은데…….

"저부터 떠나지는 않는다고요."

"말은 그렇게 해도, 나중 일은 모르는 거라고."

"안다고요! 절대로에요! 믿어 주세요!"

"아코는 믿고 있어. 하지만— 나 자신을 믿을 수 없어."

아코가 그렇게 말하더라도, 나 스스로가 그 마음에 응해줄 자신이 없다.

자신에게는 아까울 정도의 행운이 언제까지나 이어지다니, 그런 건 믿을 수가 없다고.

"며칠 동안 같이 있다 보니, 아코는 확실히 스스로 장담한 것처럼, 신부로서 착실하게 해나갈 수 있다는 걸 알게 됐어."

글러먹은 생활을 보낸다고 말은 했지만, 나보다 먼저 일어나고, 밥을 만들어주고, 세탁도 청소도 하고…….

자기가 서툰 부분에서는 서포트가 필요하지만, 그것도 익숙해지면 열심히 한다.

하지만 나는 평범한 학생이고, 부부로서의 의무를 다할 자신이 없다.

"일상생활의 아코는 이런저런 부분에서 글러먹은 녀석이고, 나라도 받쳐주지 않으면 안 된다고 생각했어. 하지만 아코, 신부로서는 불평할 부분이 없었어."

생활의 반려라고 생각하면 무척 오버 스펙이었다.

"현실의 나는 게임의 나와 달라. 믿음직스럽지도 않고, 아코를 지켜줄 수 있다고 단언할 수 없어. 아코에게 버림받지 않을 자신 같은 건 없다고!"

"그렇게 자신만만하게 한심한 말을 할 건 없잖아요!"

"어쩔 수 없잖아."

나는 그런 놈이라고.

"그러니까, 적어도 내가 자신감이 붙을 때까지라도 좋으니까, 연인으로 둘이서 나아가 보는 건 어때?"

"그래도…… 그럼 저도 할 말이 있는데요!"

아코도 뭔가 각오한 것처럼 입을 열었다.

"루시안은 칭찬해줬지만, 저는 글러먹은 아이에요."

"글러먹었어?"

"네. 공부는 꽝이고, 운동도 못하고, 둔하고 어벙하고, 배려심도 없고 눈치도 없고 땡땡이 버릇이 있고, 앞을 내다보지도 못하고."

"아무리 그래도 거기까지는—."

"그렇다니까요."

자신만만하게 한심한 말을 할 건 없잖아.

"그런 제가 기적처럼 만난 게 루시안이라고요."

나를 부르면서, 하지만 시선을 돌리며 말을 이었다.

"지금은 이렇게 함께 있지만, 그건 결혼했기 때문이라고 생각해요. 부부라는 명확한 계약이 없는, 평범한 연인이 되면— 제대로 결혼할 때까지, 루시안이 저를 계속 좋아해줄 거라는 생각이 안 들어요."

아코는 겨우 나를 보면서 조그맣게 말했다.

"분명 저를, 싫어하게 될 거예요."

"그럴 일 없어."

그런 건 즉답이야.

"말은 그렇게 해도, 나중 일은 모르잖아요!"

"믿어 줘."

"믿을 수 없는 건 루시안이 아니에요. 저 자신이에요!"

그건 아까 내가 했던 말이잖아!

"그럼 나를 믿어! 네가 믿는 네가 아니라, 너를 믿는 나를 믿으라고!"

"루시안은 믿고 있지만, 그래도 저는 못 믿겠어요."

"하긴……."

나도 그러니까.

"역시 무서워요. 부부가 아니게 되면, 두 사람을 묶는 사슬이 사라지면, 루시안은 저랑 함께 있어주지 않을 것 같아요."

그러니까, 라며 아코는 매달리듯이 내 팔을 쥐었다.

"저랑 부부로 있어 주실래요?"

"……."

"…………."

"야, 아코."

"네."

"조금 노력해서 본심을 꺼내 봤는데, 깜짝 놀랄 정도로 평행선이네, 우리……."

"그러네요."

잘 될 것 같아도, 어째서 이렇게 되는 건지…….

둘이서 쓴웃음을 교환하며, 살짝 한숨을 내쉬었다.

"하지만 왠지, 다른 것 같은데도, 똑같은 말을 하는 느낌이 들어요."

"그러게."

정말로 끼리끼리 부부라니까.

나는 현실의 자신에게, 남편으로서 잘 해나갈 자신이 없으니까, 부부라고 말할 수 없다.

아코는 현실의 자신에게, 아내가 아니게 되면 사랑받을 자신이 없으니까, 부부가 아니라고 말할 수 없다.

서로 다른 방향으로 글러먹은 두 사람이다.

"하지만 걱정할 필요 없어. 아코가 나를 버리는 일은 있더라도, 내가 아코를 버리는 일은 없을 테니까."

"그렇지 않아요. 루시안이 저를 싫어하는 일은 있더라도, 제가 루시안을 싫어할 일은 없으니까요."

"으음……."

"우우……."

이번에는 서로 노려보고, 그리고 몇 초 후―.

"이게 뭐하는 싸움이야."

"대체 뭘까요."

아코가 킥킥 웃자 나도 웃을 수밖에 없었다.

"하지만 뭐, 어쩔 수 없지. 좋아한다고 확실히 믿지 못하는 내가 잘못인가……."

"그러네요. 제 사랑이 아직 루시안에게 닿지 않았으니까, 부부가 될 자신이 없다는 말이 나오는 거예요."

"그럼 어느 쪽이 먼저 믿게 할지, 승부네."

"알겠습니다!"

내 마음이 닿아서, 아코가 연인부터 시작한다고 말하게 될까.

아코의 마음에 져서, 내가 부부로 시작하자고 말하게 될까.

응, 참 이상한 승부다.

"하지만 루시안."

자신이 없다고 말한 아코가, 확신에 찬 표정으로 말했다.

"그 승부, 분명 제가 이길 거예요."

"……기대하고 있을게."

그건 분명 아코의 승리겠지만, 내 패배는 아니다.

만약 내가 이긴다고 해도, 그건 아코의 패배가 되지 않는다.

그러니 아코가 이기겠다고 한다면, 진심으로 그걸 기대하고 있을게.

"이런저런 이야기를 했더니 안심이 돼서, 왠지 졸려오네……."

"그러게요. 긴장이 풀려서 잠기운이……."

얼싸안은 채로 눈을 감았다.

같은 자세지만, 이야기를 하기 전보다 아코가 훨씬 가깝게 느껴졌다.

"잘 자."

"안녕히 주무세요."

오늘은 자고, 내일부터 노력해야지.

아코에게 가슴을 펴 보일 수 있는 내가 되어야겠어.

우선은 수험 공부부터 시작해볼까…… 그런 생각을 하다 보니 점점 의식이 멀어져갔다.

아코 곁에 있는 건 두근두근하지만, 다른 어디에 있는 것보다 마음이 편안해진다.

줄곧 곁에서 이러고 있을 수 있다면—.

…….

………….

"……루시안?"

……응.

"자나요?"

으응…….

"자고 있네요."

일어나 있어…….

"루시안, 알고 있죠?"

왠지 아코가, 몸을 꾸물꾸물 움직이는, 듯한…….

목덜미에 머리카락이 스치는 것처럼 간지럽다…….

"저는 착한 아이가 아니에요."

뭐지, 가까이에 숨결이…….

"게다가, 그렇게 인내심이 강한 아이도 아니거든요?"

얼굴 앞을 뭔가 부드러운 것이 덮었다.

그리고, 뭐지……, 입술에 뭔가가 닿는 감촉이, 있는 것 같은…….

"에헤헤…… 안녕히 주무세요."

응, 잘 자…….

††† ††† †††

커튼이 펄럭이는지, 눈꺼풀에 빛이 들어왔다.

그리고 내가 아닌 누군가의 기척이 느껴졌다.

"우……."

눈을 뜨자, 눈앞에 아코의 얼굴이 있었다.

잠든 뒤에 무슨 일이 있었던 것 같은데…… 뭐였더라?

뭐, 기억나지 않으니까 별일 아니라고 생각하지만.

왠지 모르게 입술을 손등으로 닦고, 침대 위에서 일어나자—.

"일어났나, 루시안. 좋은 아침이구나!"

"……."

방 중앙에 우뚝 서 있는 마스터가 보였다.

"아침밥 다 됐어."

그리고 수수하게 사형선고를 하는 세가와와—.

"세테 씨는 봤어! 봤다고!"

어째서인지 휴대전화를 들고 흥분하고 있는 아키야마.

왜 아침부터 다 모여 있는 거야? 다들 기운차네.

"……좋은 아침. 다들 일찍 일어났네."

"잠든 자세가 안 좋았던 탓인지 일찍 눈이 뜨고 말았다."

"의외로 숙면하긴 했지만."

"하지만 빨리 일어나서 다행이야."

아키야마는 씨익~ 하고 사악한 미소를 지으면서 내게 휴대전화 화면을 보여줬다.

"좋은 걸 찍었어!"

그곳에는 한 이불 한 베개를 쓰고, 얼굴을 가까이 하고 잠든 나와 아코의 모습이이이이이이이이이?!

"우와아아아아아아아아?!"

"책임져 줄 거지?"

"우우, 좋은 아침이에요~."

"아코! 아키야마한테서 휴대전화를 뺏어!"

"흐응……? 아, 잘 찍혔네요!"

"나중에 보내줄게~."

"나한테도 부탁한다."

"나도 갖고 싶어."

"너희드으으으으으으으으으을!"

에필로그
"뭔가 당한 모양이다."
And you thought there is Never a girl online?

집으로 돌아가서 처음에 한 일은 여동생에게 사과하는 것이었다.

"미안, 합숙이라고 했었는데, 은근히 아코랑 둘만 있는 시간도 있었어."

"그걸 사과하면 곤란하거든?!"

그렇지?

"아니 그게, 조금 거짓말을 했구나 싶어서……."

"하지만 세가와 선배도 왔었고, 다들 모였던 거지?"

"모이기는…… 했지. 응."

"그럼 딱히 거짓말은 아니잖아?"

아니, 설명한 단계에서는 거짓말이었거든?

그게 결과적으로 사실이 되었을 뿐이고.

"뭐, 그게, 앞으로는 조심하겠습니다."

"잘은 모르겠지만, 알았어."

오빠의 말은 대충 흘려듣는 게 미즈키의 처세술인 것 같다.

"근데 오빠."

"응?"

"나중에 쇼핑 같이 가줘."

"오케이."

잘은 모르겠지만, 그것만 해주면 용서해주는 모양이다.

말이 잘 통하는 여동생이라 다행이라니까.

"그리고 미캉이 오빠 컴퓨터에 확장자가 붙어있지 않은 수상한 파일밖에 없는 폴더를 발견했다고 했었는데……."

"나중에 둘이서만 할 이야기가 있다고 전해줘."

"알겠습니다~."

그 녀석은 절대로 용서 못해.

LA에 로그인하자, 그곳은 전장이었다.

◆아코 : 우드 데크의 사이즈는 이 정도였던가요?

◆세테 : 거기서 세로로 2마스, 가로로 1마스!

◆애플리코트 : 창고가 함정으로 메워지고 있다만.

◆슈바인 : 그냥 버리자고.

◆고양이공주 : 하지만 또 필요해질지도 모른다냐.

◆아코 : 맞아요. 길드 창고에 넣어두죠.

◆슈바인 : 가난뱅이 기질이네.

◆세테 : 나무를 놓고 싶으니까 바리케이드 먼저 철거할게!

그렇다. 가구나 설비를 해제하고 함정을 설치했던 만큼, 집을 원래대로 돌려놓는 것이 고생이란 말이지.

모두 함께 협력해서 학교가 시작되기 전에 집을 고치려고 노력하는 중이다.

◆루시안 : 앵그리 캣은 어쩔 거야?

◆애플리코트 : 일단은 집 뒤에 보관해둘 거다. 일부러 추가한 거니, 전차를 쓰는 이벤트가 있을지도 모르지.

◆루시안 : 서로 미사일을 쏴대다니 무섭잖아.

그건 이미 판타지 게임이 아니라고.

◆슈바인 : 그건 그렇고, 클리어 보수로 3층이 생긴 거지?

◆루시안 : 겉으로 보면 분명 2층밖에 없어야 하는데, 3층이 생겨버렸지.

◆아코 : THE 불가사의 파워!

◆고양이공주 : 게임답다냐.

공간이 확장되어 방이 늘어나는 건 주요 보수 중 하나였으니까.

◆애플리코트 : 3층에는 방이 두 개 있는 모양이다만, 뭐에 쓸 거냐?

◆아코 : 세테 씨와 고양이공주 씨가 방을 하나씩 쓰면 되지 않을까요?

◆루시안 : 그러게.

지금까지 세테 씨와 고양이공주 씨는 개인실이 없었으니까, 마침 잘 됐다.

◆고양이공주 : 괜찮은 건가냐? 루시안과 아코는 둘이서 한 방을 쓰고 있을 텐데냐.

◆루시안 : 으음, 딱히 상관없어요.

◆아코 : 그럼요.

우리는 선불리 방을 나누는 것보다는 함께 있는 편이 편안하니까.

서로의 목표를 위해서라도, 곁에 있는 편이 좋다.

◆루시안 : 게다가 이 집은 모두가 돌아오는 곳이니까, 모두의 방이 있는 편이 좋아.

◆아코 : 다들 이 집으로 돌아와 주세요.

모두가 돌아올 곳. 여기 니시무라 가.

……역시 이름 바꾸지 않을래?

◆슈바인 : ……왠지 사이 좋아 보이는데, 묵고 있는 동안에 무슨 일 있었어?

◆세테 : 평소처럼 보였는데…… 그런 말을 듣고 보니, 왠지 수상하게 보이네?

◆애플리코트 : 호오? 길드 마스터로서 꼭 듣고 싶어지는구나.

◆고양이공주 : 불순이성교제인가냐?!

다들 또 그런 소리를—.

◆루시안 : 아무것도 없었어. 그치? 아코.

◆아코 : …….

◆루시안 : ……아코?

아코가 잠시 침묵했다.

그리고 머리 위에 하트 마크를 둥실둥실 띄우면서 말했다.

◆아코 : ……네. 아무 일도 없었어요.

…….

◆루시안 : …….

◆슈바인 : …….

◆애플리코트 : …….

◆세테 : …….

◆고양이공주 : …….

◆아코 : ……어라? 다들 왜 그러세요?

왜 그러냐니, 그야 너, 그 리액션!

◆루시안 : 엄청 거짓말 같잖아!

◆슈바인 : 너희 대체 뭐한 거야!

◆애플리코트 : 내가 보지 않은 사이에, 설마…….

◆세테 : 루시안, 불결해~.

◆루시안 : 나는 아무것도 안 했다고! 정말로!

◆고양이공주 : 그렇다면 아코가 뭔가를…….

◆슈바인 : 과연, 뭔가당한모양이다, 라는 거네.

나, 아코한테 뭔가 당했어?!

◆루시안 : 아무것도 안했지? 아코, 나는 깨끗한 몸인 거지?

◆아코 : ……에헷.

◆루시안 : 너 대체 뭘 한 거야아아아아아아!

그 진실을 알게 된 것은, 그로부터 조금 지난 뒤였다.

딱 하나만 말할 게 있다면— 그건 노 카운트야!

■ 작가 후기

월드 채팅에 출현했습니다.

오랜만입니다. 혹시 12권 후기부터 읽기 시작하신 용감한 분이 있으시다면, 처음 뵙겠습니다.

키네코 시바이입니다.

『온라인 게임의 신부는 여자아이가 아니라고 생각한 거야?』도 Lv.12가 되었습니다. 전직해서 새로운 스킬을 익히며 단숨에 즐거워진 대신, 나란히 선 동료들과 스타일의 차이가 조금 드러날지도 모르는, 그런 Lv.12다운 느낌이 이 책에도 드러났으면 좋겠습니다.

자자, 그럼 전권에 이어서, 제 캐릭터가 Lv.12가 되었을 때 일어난 일을 조금 떠올려보고자 합니다.

14년 전. 이제 막 MMORPG를 시작할 무렵이었던 제가 Lv.12가 되었던 타이밍에, 조금 상위 맵에 원정을 갔었습니다. 강해져서 기고만장해졌던 거죠.

맵에 들어간 직후, 서걱 하는 효과음와 함께 HP가 200밖에 안 되던 제게 500이 넘는 대미지가 박혔습니다. 물론 즉사입니다. 일격에 두 번 죽을 만한 대미지입니다.

로딩 중에 죽다니 참혹한 이야기입니다만, 뭐, 한 번 죽은 걸로 그쳐서 다행이네. 그렇게 쓴웃음을 지으며 세이브 포인트에서 소생한 그 순간, 제 캐릭터가 다시 쓰러졌습니다.

그렇습니다. 모종의 버그로 대미지가 축적되어 있어서, 정확하게 두 번 죽은 겁니다.

저는 Lv.12 때 온라인 게임의 불합리함을 알게 되었습니다.

월드 채팅에서 퇴장합니다.

월드 채팅을 닫았으니 감사의 말씀을—.

일러스트의 Hisasi 씨. 이 책의 근사한 일러스트는 물론이고, 수많은 매체에서 Hisasi 씨가 그린 아코 일행을 볼 수 있는 것이 격려가 되고 있습니다. 감사합니다.

담당자 님. 어떤 절박한 상황에서도「걱정하실 것 없어요!」라고 말해주실 때마다 힘내자는 마음이 듭니다. 감사합니다.

코미컬라이즈의 이시가미 카즈이 씨. 완전히 팬이 되어서 다음 이야기를 기대하고 있습니다!

독자 여러분. 구매해 주셔서 정말로 감사합니다. 앞으로도 아무쪼록 잘 부탁드립니다.

그럼 기회가 된다면 꼭 다시 뵙도록 하죠.

키네코 시바이였습니다.

■역자 후기

안녕하세요. 불초 역자입니다.

점점 날씨가 좋아지고 있지만 그 말인즉슨 앞으로 더워질 날만 남았다는 것을 의미합니다. 사실 벌써부터 더워서 잘 때도 이불을 걷어버리는 날이 많네요. 아마 작년 이맘때였다면 왜 여름이 오는지 한탄하며 전전긍긍하고 있었겠지만 이번에는 다릅니다. 작년 여름 중반 즈음에 산 에어컨이 이미 스탠바이하고 있으니까요. HAHAHA. 올해의 제게 여름의 고통은 한결 덜할 겁니다. 작년에도 실컷 찬양을 했었지만, 여름이 다가오니 올해도 찬양할 수밖에 없군요. 에어컨은 좋은 문명입니다.

이번에는 앨리 캣츠 일행이 타워 디펜스 비스무리한 방어 퀘스트를 하는 이야기였습니다. 타워 디펜스. 저도 좋아하는 장르입니다. 옛날에 한창 유행했을 때도 있었죠. 주로 모 게임의 유즈맵이었지만요. 정말 정신없이 했었던 추억이 새록새록 나는데, 정작 그때 최종 웨이브를 깬 적은 꽤 드물었던 것 같네요. 제가 게임을 그리 잘하는 편도 아니고, 후반부 난이도가 악랄해지는 장르 중 하나니까요. 그래서 앨리 캣츠가 최종 웨이브를 깬 건 무척이나 쾌거라고 생각합니다. 이러니저러니 해도 다들 게임을 잘 한다는 증명일지도?

그리고 이번에 개인적으로 주목한 인물은 아키야마네요. 작중 시간으로 게임 경력 1년을 넘어서자 이제 어엿한 게이머가 되어서 고급 테크닉까지 사용하며 크나큰 조력을 하는 모습이라니…… 생초보였을 때를 생각해 보면 꽤나 감개무량한 느낌입니다. 가장 서먹하던 아코와의 관계도 계속 다지고 있고, 후발주자이긴 하지만 이제 누구도 부정하지 못할 앨리 캣츠의 동료라는 느낌이 물씬 나는 게 좋았습니다.

그럼 후기는 이쯤 하고, 다음 권에서 뵙겠습니다.

온라인 게임의 신부는 여자아이가 아니라고 생각한 거야? 12

초판 1쇄 발행 2017년 8월 10일

지은이_ Kineko Shibai
일러스트_ Hisasi
옮긴이_ 이경인
일본판 오리지널 디자인_ AFTERGROW

발행인_ 신현호
편집부장_ 김은주
편집진행_ 최은진 · 김기준 · 김승신 · 원현선 · 김솔함
편집디자인_ 양우연
국제업무_ 정아라 · 고금비
관리 · 영업_ 김민원 · 이주형 · 조인희

펴낸곳_ (주)디앤씨미디어
등록_ 2002년 4월 25일 제20-260호
주소_ 서울시 구로구 디지털로 26길 111 JnK디지털타워 503호
전화_ 02-333-2513(대표)
팩시밀리_ 02-333-2514
이메일_ lnovelpiya@naver.com
L노벨 공식 카페_ http://cafe.naver.com/lnovel11

ISBN 979-11-278-4219-2 04830
ISBN 979-11-278-4218-5 (세트)

값 7,000원